悲恋

松崎詩織

幻冬舎アウトロー文庫

悲恋

【目次】

向日葵の歌

今年も夏が来た。

眩《まぶ》しい太陽。茹《う》だるような暑い日々。庭に向日葵《ひまわり》が咲いた。

容赦なく照りつける日差しをものともせず、向日葵達は無垢《むく》な笑顔のような大きな花を太陽に向け、背筋をピンと伸ばしてまっすぐに立つ。

私はその花達を、目を細めるようにして見つめる。庭の中央に並んだ向日葵。

毎年この季節になると、私は胸に鋭い痛みを覚える。私が声を失ったのは、ちょうど四年前の夏で、あの日も暑い日だった。

1

初めて愛した人は、実の兄だった。

別に兄を愛したわけではなく、本気で愛した人がたまたま兄だったというだけだが、もちろんそれは誰にも言えることではなく、私はその想いをずっと胸の内に閉じ込めて兄に接した。でも、子供の頃からどんな時にも、私の心の中には兄がいた。

私の家族はもうずいぶんと昔から機能しておらず、世間体という張りぼてで取り繕われただけの空っぽの集まりだった。悲しいくらい空虚な家族。

祖父から受け継いだ大きな病院をさらに拡大した父は、医師というより敏腕な経営者で、患者の病気を治すことよりもお金を稼ぐことの方に生きがいを感じていた。ソシアルダンスとスイミングとテニスのスクールに通う母は、若い男性コーチが変わる度に香水の匂いを強くした。

そして父と母は、もうずいぶんと前から、別の部屋で暮らしている。いつの頃からか、私はそれを寂しいとは感じなくなっていた。

兄は優等生でスポーツマンで、それでいていつも周りの人達を気遣う優しさと強さを持った人で、子供の頃からずっと私の憧れであり誇りだった。

気がつくとそれが深い愛情に変わっていたのは、お金はあっても少しも幸せではなかったあの家庭で暮らしていた私にとって、少しも不思議なことではなく、むしろ女として兄のような男性を愛することは、とても自然なことだと思った。

もちろんそれは倫理的には許されないことかもしれなかったが、私にとっては生きていく上で必要な選択であったのかもしれない。

「沙智《さち》は、おっちょこちょいだなぁ」

そう言いながら、いつも兄は人差し指の先っちょで、私のおでこをちょこんと突《つつ》いた。

「どうせ沙智は翔ちゃんみたいに、何でもできちゃう優等生じゃないもん」

私は頬をぷくっと膨《ふく》らませながら右手で兄を打《ぶ》つ真似をして、その広くて厚い胸の中にすっぽりと自分の小さな身体《からだ》を滑り込ませた。少し汗ばんだシャツ。兄の匂い。

兄の逞《たくま》しい身体からは、真夏の太陽の匂いがした。私はそれが少しも嫌いではなく、太陽に向かってまっすぐ伸びる向日葵を連想して、胸がドキドキした。

本当に、兄は向日葵のような人だった。どんな強いものにも真正面から立ち向かい、自分に不利だとわかっていても絶対に引かない。正しいと思った自分の信念に対して、いつも真っ正直に生きていた。

人としては不器用だけど、優しくて強い。そして何よりも温かい。私は兄という人間が、心から好きだった。

兄と私は、四歳離れている。東大医学部四年生の兄と、都内の私立高校三年生の私。

身長の差はちょうど三〇センチ。一八五センチの大柄な兄と一五五センチしかない小柄な私。

兄は背筋をまっすぐ伸ばして立つ。視線は遥《はる》か遠くを見ているようだ。そして、私はそんな兄をいつも見上げていた。

四歳と三〇センチ。そして、兄と妹。私と兄は世界で一番近くにいるというのに、その間には絶対に埋まらない距離があった。絶望的に悲しい距離。

日曜日になると、私はめんどくさがる兄を無理やり街へと連れ出し、よくデートをした。裏原宿のオープンカフェ。夏の強い日差しから逃れるように、私達は木陰のテラス席に並んで座る。

翔ちゃん。翔ちゃん。翔ちゃん。

何度も繰り返し兄の名を呼ぶ。濃い緑の葉を広げたハナミズキの下を、爽やかな風が吹き抜ける。兄の笑顔。一緒にいるだけで幸せだった。

「沙智、その翔ちゃんって言うの、いい加減にやめろよ」

苦笑いの兄。

「だって、翔ちゃんは翔ちゃんでしょ」

「だけど、俺達いつまでも子供じゃないんだしさ」

「だったら、お兄様とでもお呼びしましょうか？　ねっ、お兄様」

子猫が飼い主に甘えるように、私は兄にじゃれつく。知らない誰かが見たら、恋人同士に見えてしまうかもしれない。そんなことを考えるのがちょっと楽しい。

たくさんの水滴をつけたアイスロイヤルミルクティのグラスに口をつけながら、そっと兄の横顔を盗み見る。

ああ、兄が好きだ。

艶《つや》やかに流れるサラサラの黒髪。濃い紫色を溶かし込んだような深い色の瞳。柔らかに擦《かす》れた太い声。

私にはない逞しい筋肉を持った腕も、男性にしては細く長い指も、まっすぐに向けてくる視線も、すべてが愛《いと》おしい。そして、美術の教科書に載っていた大天使ミカエルの印象画を彷彿《ほうふつ》させる精悍《せいかん》な笑顔に、胸がときめく。

他人には何でもないものが、私にはひどく特別なものに感じられる。なぜなら、それは兄だから。

兄が好きだ。兄を心から愛している。でも、それは誰にも言えない。

兄を想う時、チリチリと痛む私の胸。兄と私は血の繋《つな》がった実の兄妹。

いつも一番近くにいて兄を独り占めにできる特権と引き換えに、世界中の女の子の中で唯一人私だけが手に入れられないものがある。それさえあれば、他にはなんにもいらないというのに。

兄の愛が欲しい。大声で叫びたくなる。泣きたくなる。息が苦しい。胸が張り裂けそうになる。切なさが募る。

オープンカフェのテーブルに頬杖をつきながら、私はこっそりと溜息《ためいき》をつく。

2

部屋の灯《あ》かりを落としてベッドに潜り込むと、私は熱い息を吐き出しながら、そっと下着の中に指を忍び込ませた。指に絡みつく薄いヘアを掻《か》き分け、ゆっくりとクリトリスを覆う柔らかな包皮を捲《めく》り上げる。

身体中で一番敏感な小さな突起に、ドクドクと熱い血液が流れ込んでいくのがわかる。頭の中が淫らな妄想でいっぱいになり、溶け出した欲望が全身の穴という穴から溢《あふ》れ出しそうになる。

目を閉じると、溜息が零《こぼ》れた。息苦しくなって、口を大きく開けて空気を吸う。昼間の猛暑の余韻を残した湿気に澱《よど》んだ部屋の空気が、勢いよく肺に流れ込む。

今夜、この家には私一人しかいない。両親は博多の親戚の結婚式に一泊で出掛けている。

兄は大学のコンパだと言っていたから、おそらくは午前様だろう。

私は唇を薄く開いたまま、指先で突起を擦《こす》り上げた。きつく閉じた瞼《まぶた》の裏側に火花が散る。

「ああああっ！」

太腿《ふともも》を強く閉じるようにして、自分の手を締め付ける。これだけで全身に小さな痙攣《けいれん》が走った。一度目の絶頂。小さな波だけれど、私の快楽を加速させるには充分だ。

ベッドの夏掛け布団の下で、ごそごそと身体を動かしてピンク色のコットン生地のパジャマを脱ぐ。トップスとボトムス、そしてシルクのショーツも両足首から抜いた。自宅ではブラジャーはしていないので、これで全裸になる。

夏掛け布団に掛かったシーツが、素肌を優しく擦りながら刺激する。その感覚に乳首が反応を始めた。

私の乳首は陥没している。通常は乳輪の中に沈み込んでいて、その姿を完全に隠していた。甘美な刺激を与えると桜色の小さな芽が乳房の中から芽吹くように勃《た》ち上がってくる。

その小さく硬い乳首を中指と親指を使ってきつく潰《つぶ》していく。目も眩《くら》むような痛みが胸の奥から脳裏へと駆け抜ける。それと同時に性器が熱い潤みを滲《にじ》ませるのを感じた。

「翔ちゃん……」

擦れた声で、兄の名を呼ぶ。頭の中が兄のことでいっぱいになる。

「ああっ、翔ちゃん。いいっ！」

右手は股間に挟んだまま、左手で乳首を交互に抓《つね》った。自分の手首を太腿できつく締め付けながら、身体を身悶《みもだ》えさせる。

　妄想の中では、いつだって私は兄の恋人だった。

　兄の逞しい腕が、息が詰まるほどに私の身体をきつく抱き締める。首筋に兄の薄い唇が当てられる。

　濡れた舌がゆっくりと肌を這《は》う。兄の舌は火傷《やけど》しそうなくらい熱い。

「翔ちゃん、やめて」

　本当は少しもやめて欲しくなんかない。それなのに、なぜかいつもそう口にする。妄想の中でも、そして現実に自慰をしながらも。

　翔ちゃん、やめて。だめよ、いけない。だって、私達は兄と妹なんだから。

　私の性器からどっと熱い蜜が溢れ出す。それを中指の腹で掬《すく》い取ると、クリトリスに擦りつけた。滑るローションのお蔭で、快楽は倍増する。

　泣きたいくらい、感じる。いや、現実に私は涙を零す。切ない。辛《つら》い。苦しい。それでも感じる。

　兄が私の乳首を口に含んだ。舌先で嬲《なぶ》られ、きつく歯で噛《か》まれる。兄の指がクリトリスを乱暴に弄《もてあそ》ぶ。私の腰が波打つ。快楽に意識が朦朧《もうろう》とする。

　我慢できない。エスカレートする妄想。私の指が暴走を始めた。クリトリスを嬲っていた中指に薬指を添えると、それを性器の中に沈み込ませる。

「ああっ、いいっ！」

指先が私の肉体を堕《お》としていく。自分の指と妄想の中の兄の指との区別が曖昧《あいまい》になる。もしこの指先を本当に兄の指に変えることができるのなら、そのまま死んでも惜しくないとさえ思う。

「翔ちゃん、凄《すご》いよ！　翔ちゃん、気持ちいいよ！　翔ちゃん！　翔ちゃん！　翔ちゃん！」

深く抉《えぐ》る。快楽に肉体が軋《きし》む。顎《あご》が上がり、両足がきつく突っ張る。歯を食い縛る。閉じた瞼の隙間《すきま》から零れた涙が頬を伝う。

「翔ちゃん、いきそう」

兄の名を呼ぶ。それだけで体温が何度も上昇した気がする。いや、実際に上がったに違いない。

性器に宛《あて》がった手のひらに、ドクンドクンとお湯のような液体を感じる。

ああ、潮を噴いちゃった。

あらかじめ、バスタオルをお尻の下に敷いておいて良かったと思う。挿入した二本の指の隙間から間欠泉のように間隔を置いて、熱い体液が大量に噴き出していく。

一秒でも長くこの快楽を味わっていたいのに、肉体はその先を求めて勝手に暴走し続ける。もう我慢できない。両足の爪先が返る。脹脛《ふくらはぎ》が攣《つ》りそうだった。

「翔ちゃん、いくっ！」

私は大声で兄の名を呼ぶと、そのまま絶頂を迎えた。ビクンッビクンッと何度も身体が跳ねる。視界が真っ白に染まる。

呼吸ができない。水槽から飛び出した金魚のように、口をパクパクとさせながら空気を求める。あまりの苦しさに涙が溢れた。

全身がチョコレートフォンデュみたいにドロドロに融《と》けていく。押し潰されそうなほどの倦怠感《けんたいかん》に襲われているというのに、それが死ぬほど心地よい。

意識が融け出していく。私は再び瞼を閉じると、快楽の深淵にゆったりと身体を沈ませていった。


絶頂後は、そのままウトウトとまどろんでしまうことが多かった。私は快楽を存分に味わった気だるさの中に、身体をどっぷりと浸していた。

その時だった。ゴトッと部屋の外で音がした気がした。いや、間違いない。部屋の外に誰かがいる。

私は全身を凍りつかせた。そんなはずはなかった。両親は博多に行っている。帰ってくるのは明日の夕方だ。兄は大学のコンパで、朝まで帰らないはずだった。

「誰？」

ドアに向かって声を掛ける。しかし、返事はなかった。慌ててベッドから降りると、足元に転がっている下着やパジャマを身につけた。

着終えると、恐る恐るドアを開けてみた。廊下には誰もいなかった。

私はそのまま自分の部屋を出ると階段を降りて行った。リビングルームから灯かりが零れている。覗《のぞ》くと、いるはずのない兄がソファに座って雑誌を読んでいた。

「お兄ちゃん？　い、いつ帰ったの？」

「たった今」

兄は雑誌から目を離さず、不機嫌そうにそう言った。

「ずっとここにいた？」

心臓が破裂しそうなくらい高鳴っているのがわかる。唇が震えた。

「ずっとここにいた」

やはり私の方を見ずに、兄は言った。その声は低く擦れていた。

「お兄ちゃん、今夜は遅くなるんじゃなかったっけ？」

私の声も擦れている。

「嵐が来る」

「えっ？」

「今夜、台風6号が上陸するらしい」

そう言えば、今日学校で誰かがそんなことを言っていた気がした。確かに午前中は晴れていたのに、午後になると濃い灰色の雲が空を覆い尽くし、生温かい風が街路樹を揺らすようになっていた。

庭に咲いたばかりの向日葵が、風で倒れてしまうかもしれない。一瞬、私の脳裏にそんな不安が過《よ》ぎった。

「そうなんだ。台風が来るんだ」

「だから、コンパに出るのをやめて、帰ってきた」

やっぱり、兄は一度も私の方を見ようとしない。

「どうして？」

兄はずっと手元の雑誌に目を落としたままだった。しかし、さっきからページを捲る様子はなかった。

「沙智が、心配だったから」

少しぶっきらぼうなその言い方は、いつもの兄らしくなかった。

「お腹《なか》は？　なんか作ろうか？」

「いや、空《す》いてない。シャワー、浴びてくる」

兄は雑誌を放り出すと立ち上がり、そのままリビングを出てバスルームへと向かった。とうとう雑誌のページが捲られることは一度もなかった。

自分の身体を慰めていたのを、兄に見られた。恥ずかしさで、顔が燃えるように熱くなった。

いや、オナニーを見られたことが問題なのではない。確かにそれは恥ずかしいことだったが、私だってもう女子高生だ。オナニーぐらいはしていたっておかしくない。兄だって大学生だし、ましてや医学部の学生なんだから、それくらいのことでは驚きはしないだろう。

問題なのは、私が兄を欲望の対象にしていたことだった。私は何度も兄の名を呼んだ。絶頂を迎える瞬間も兄の名を叫んだ。そのことを兄自身に知られてしまったことが死ぬほど恥ずかしい。

あのよそよそしい態度を見れば、兄にずっと覗かれていたことは間違いなかった。実の兄を欲情の対象にしている妹に、さぞかし幻滅したことだろう。泣きたくなった。

兄はとうとう一度も私と視線を合わせてくれなかった。あんなに冷たい兄を見たのは、生まれて初めてだった。

それはそうだろう。妹が自慰行為に耽《ふけ》るのを目撃してしまっただけでなく、その妹があろうことか自分の名前を叫びながら果てたのだから。

手が震える。握り締めた手に、涙が落ちた。世界中で一番愛する人を、私は傷つけてしまった。

それでもやっぱり、私は兄が好きだ。兄を愛している。自分の心も、そして肉体も、ただ兄だけを真剣に求めているのだ。


意を決して、私はバスルームに向かった。

洗面所に入ると、曇りガラスの向こうにシャワーを浴びている裸の兄の後ろ姿が見えた。揺らぐ決心を後押しするように、私は大きく一度深呼吸をした。

パジャマを脱ぐと、ショーツ一枚になった私の姿が洗面台の鏡に映し出された。すでに興奮に乳首が勃ち上がり始めている。震える手で、ショーツを下ろした。

ガラス戸を開け、バスルームに入る。もう後には引けない。

「沙智、どうしたんだ？」

驚いた顔で兄が振り返る。兄の裸体を間近で見るのは、ずいぶん久しぶりだった。小学生以来だと思う。濃い陰毛に覆われた性器に目がいってしまい、頬が熱くなる。慌てて視線を上げた。

シャワーの湯が兄の筋肉質な身体に降り注ぎ、ボディソープの白い泡がゆっくりと流れていく。濡れた髪からは幾重にも雫《しずく》が滴《したた》っていた。

「さっき、見たんでしょ？」

「な、なにを？」

「私の部屋、覗いてたんでしょ？」

「…………」

兄が顔を背ける。私は一歩踏み出し、兄のすぐ側《そば》に立った。私にもシャワーの湯が降り注ぐ。

「翔ちゃん、私を見て」

「沙智、だめだ」

「お願い。私から目を逸《そ》らさないで」

「なんでこんなことを……」

「わかるでしょ！　私、翔ちゃんが好きなの。ずっと前から好きだった！」

泣きながら、兄の胸に飛び込んだ。兄の硬い身体で、私の豊かな乳房が押し潰される。兄の胸にくちづけする。流れるシャワーの湯と一緒に、兄の匂いが私の舌先に触れる。

「沙智、だめだ」

兄の手が肩に掛かり、私の身体を押し返そうとする。離されまいと、必死でしがみついた。

「翔ちゃん、愛してるんだよ！」

泣きながら、全身に力を込める。抱きつく私。押し返そうとする兄。翔ちゃん、愛してるの。

やがて、引き離そうとする兄の手の力が消えた。そしてその手が、優しく私の身体を抱き締めた。

「沙智……」

「翔ちゃん……」

兄の大きな身体で包まれたと思った瞬間、唇を塞《ふさ》がれた。温かい唇。優しいくちづけ。

やがて躊躇《ためら》いがちに、ゆっくりと舌が入ってきた。私は夢中でそれに応える。

夢にまで見たくちづけ。何度も妄想の中で私を蕩《とろ》けさせた兄の舌。それが今、私の口の中で蠢《うごめ》いている。性器から熱い潤みが溢れ出すのを感じた。

ぴったりと裸の身体を寄せ合っている。密着した濡れた肌。押し潰された私の豊かな乳房。

兄の性器が急速に力を帯びてくる。兄が慌てて身体を引こうとする。

「いいの。離れないで」

私は自分から身体を寄せる。二人の身体の間に挟まれた兄のペニスが、それが人間の肉体の一部であるなどとても信じられないくらい硬くなっていた。

「ああっ、沙智……」

「翔ちゃんのアレ、凄く熱いよ」

私は再び兄のくちづけが欲しくて、欲情に潤んだ瞳で兄を見上げた。すぐに兄が私の唇を塞ぐ。

私達に言葉はいらない。世界中のどんな恋人達よりも、私達には深く濃く通じるものがある。兄の舌を狂ったように貪《むさぼ》りながら、私は涙を零す。

シャワーの湯が降り注ぐ中での、何分間にも及ぶくちづけ。息が苦しくなって唇を離し、深く呼吸してからまたくちづけを交わす。そんなことを何度も繰り返した。

「翔ちゃんが好き」

兄の目を真っ直ぐに見上げながら、手を下に伸ばした。兄のペニスに触れる。力を込めて、しっかりと握った。そして、ゆっくりと上下に扱《しご》く。

「ああっ、沙智。だめだ」

言葉とは裏腹に、兄の瞳は情欲に揺れていく。私の手が、愛する男を快楽に導く。女として、これ以上の喜びはなかった。

私は跪《ひざまず》いた。シャワーの湯が頬に当たる。舌を伸ばし、ペニスの先端を舐《な》めた。

「男の人とするの、初めてなの。うまくできなかったらごめんね」

私は一気にペニスを飲み込んだ。

「ああっ、沙智。だめだ。沙智……」

ペニスを根元まで、すべて飲み込む。太い先端が喉《のど》を通過する。目に涙が滲む。強い吐き気に胃液を戻しそうになるが、それでも兄のペニスを愛したくて、さらに深く飲み込んでいく。

もっと苦しければいいとさえ思う。苦しければ苦しいほど、人として許されぬ行為に身を堕とす我が身に相応《ふさわ》しい性愛だと感じる。

興奮に意識が朦朧としてきた。兄のすべてを食べてしまいたかった。

「ああっ、沙智。だめだ。それ以上したら……」

兄の手が私の頭を摑《つか》んで引き離そうとする。兄の身体の変化は、ペニスを通してとっくにわかっていた。だからこそ、私は離れない。

夢中になってペニスを吸った。舌を絡め、溢れた唾液を啜《すす》る。兄を見上げる。欲情に虚《うつ》ろになった兄の瞳が愛おしい。さらに激しく首を振った。

「ああっ、いくっ！」

兄のペニスが爆《は》ぜた。ビクンビクンと何度も痙攣する。大量の熱い液体が口中に溢れた。

「ああっ、沙智」

兄の手が濡れた髪を優しく撫《な》でる。うれしい。私は口の中の精液を飲み込んだ。

「ごめん、沙智」

「ううん。うれしかった。沙智で出してくれて」

立ち上がった私を、兄が抱き締めてくれる。一度射精したというのに、兄のペニスはまだ勃起したままだった。

「男の人って、続けてできるの？」

私の唾液でベトベトになった兄のペニスを摑んで、私は再びゆっくりと扱いた。

「わからない。だけど、今は凄く興奮してる」

「うれしい」

私はペニスを摑む手にさらに力を込める。

「沙智……」

兄が私の身体の向きを変えさせた。私はバスルームの壁に両手をついて立つ格好になる。

兄が背後から抱き締めてくれる。前に回された手が、ゆっくりと両方の乳房を揉《も》む。

「ああっ、翔ちゃん。気持ちいいよ」

陥没ぎみだった乳首は、今や完全に勃起し、小粒の葡萄《ぶどう》のようにパンパンに張っていた。ジンジンとした痛みを伴った刺激が、乳首から身体の芯に突き抜ける。

お尻の谷間に勃起したペニスが押し当てられる。熱かった。

兄の右手がゆっくりと下に滑り降りていく。立っていられないくらい膝《ひざ》が震えた。私は両足を開く。

兄の手が股間に入り込む。指が濡れた性器を往復する。包皮から飛び出したクリトリスを摘《つま》まれた。

「あううっ、翔ちゃん！　凄い！」

我慢できなくて、私は自分の二の腕に噛み付く。そうしていないと、感じ過ぎて立っていられない。愛する兄が、私の性器を愛撫してくれている。

「ごめんな、沙智」

「謝らないで。いけないのは、沙智だから」

兄の指が二本、私のヴァギナに侵入してきた。あまりの刺激に腰を振ってしまう。そうするとお尻で兄のペニスを刺激してしまうことになる。それさえもが、酷《ひど》く私を興奮させた。

「ああっ、沙智。ごめんな。沙智、ごめんな」

謝罪の言葉を繰り返しながら、兄の指は私のヴァギナを掻き回し続けた。バスルームの中が淫らな熱気で飽和する。

聞くに堪えないような恥ずかしい音が響く。もしもシャワーの音がなかったとしたら、舌を嚙んで死んでしまいたいくらいだ。

「翔ちゃん、気持ちいいよ」

首だけ振り返って虚ろな目で訴える私の唇を、兄の激しいくちづけが塞いだ。性器から大量の体液が溢れ、兄の指を汚す。

兄のペニスが私の股間を滑る。夢にまで見た瞬間。全身で兄を感じる。

「翔ちゃん」

壁に両手をついたまま、お尻をさらに高く突き出し、身体を開いて兄を受け入れる体勢を整える。背後の兄が自分のペニスに手を添え、私のヴァギナに押し当てた。

兄が入って来る。兄と一つになる。生まれて初めて男性を迎え入れる。その相手が兄であることが、涙が出るほど嬉しかった。

ゆっくりとペニスの先端が私の性器を開いていく。

「痛い」

自分でも想像したことがないような激痛に、思わずそう口にしてしまった。

「ごめん」

兄が私から離れる。私は慌てて振り返った。

「ううん。大丈夫だから。私、痛くても平気だよ。だって、翔ちゃんと一つになれるんだから」

兄は俯《うつむ》いたままだ。勃起したままのペニスに触れたくて、私は手を伸ばした。

「やっぱり、だめだ」

兄が身体を引く。

「大丈夫だよ。もう、痛がったりしないから。私、ちゃんと頑張るから」

慌てて兄の顔を覗き込む。

「やっぱりだめだ。よくないよ。こんなことしたら、俺は沙智を傷つけてしまうことになる」

「私だったら平気だよ。どんなに傷ついたって大丈夫。だって、翔ちゃんのことが好きなんだもん」

「俺だって……」

「俺だって？」

「いや、やっぱりだめだ」

「お願い。沙智のこと、抱き締めて！」

兄の胸に飛び込もうとする。しかし、兄は私の身体を突き飛ばした。

「ごめん。やっぱり、だめだ！」

そのまま兄はバスルームを飛び出して行った。後に一人残された私。シャワーの湯が、頭から降り注ぐ。私はその中で、大声を上げて泣いた。

3

兄が家出をしたのは、その翌日のことだった。私が高校から帰って来ると、わずかな身の回りの荷物と共に、すでに兄は家から消えていた。

怒鳴り散らす父。泣いている母。書き置きには、父の儲け主義的病院経営への批判と家族を顧みない母への戒めが延々と綴《つづ》られていた。私のことは一言もない。

母は警察に届けると言った。しかし、父はそれを怒鳴りつけて止《や》めさせた。それでも母は泣きながら父に食い下がった。

「あなたはあの子が可愛くないんですか？」

「ここまで育ててやった恩を仇《あだ》で返しやがって。病院だって、あいつが将来継ぐときのために大きくしてやってるんだ。そんなこともわからない馬鹿は放っておけ！」

「でも、あの子にもしものことがあったら」

「心配するな。そのうち金に困ったら、泣きついて戻ってくる。医学部の授業料がバイトくらいで工面できるもんじゃない」

「でも、これにはアフリカの難民キャンプにボランティアに行くって。もう日本には帰って来ないって書いてあるじゃないですか」

「あいつだって、そこまで馬鹿じゃないだろう」

「じゃあ、なんで家出なんて」

「この間、病院経営もろくにわからんくせに生意気な口を叩いておったから、厳しく叱り付けておいたんだ。おおかたその腹いせだろう。どうせ、すぐに帰って来るに決まっている」

激怒している父。途方にくれて泣いている母。しかし、兄はもう二度とこの家には帰って来ないだろうと、私にはわかっていた。

父や母との諍《いさか》いを理由にしたのは、兄の家族への最後の優しさだ。すべての理由は、私にあるのだ。

警察から事故を知らせる電話が掛かってきたのは、それからわずか一時間後のことだった。

電話を取ったのは、私だった。無機質な男性の声が、兄が駅のホームから線路に降り、電車に撥《は》ねられたと告げた。

「いやぁー！」

私は叫んだ。全身から振り絞るように、大声をあげた。魂を吐き出すかのように、心の底から大きな声で。それから意識を失って、その場に倒れた。そしてそのまま、私は声を失った。

それ以来、どんなに頑張っても、声を出すことができなくなった。父の紹介で日本中のあらゆる専門医に診《み》てもらったが、精神的なものだと診断されるだけで、誰も私の声を取り戻すことはできなかった。

兄は駅のホームから落ちた小学生を助けようとして、線路に飛び降りたのだという。目撃者によれば、兄はまったく躊躇《ちゅうちょ》しなかったそうだ。

目の前の子供を救うことしか頭になかった。自分に危険が及ぶことなんて、きっとこれっぽっちも考えなかったに違いない。兄らしいと思った。

兄は小学生をホームに押し上げ、その命を救った。しかしその直後、急行列車がホームを通過し、兄の身体は撥ね飛ばされてしまった。全身打撲によるショックで意識不明となり、救急病院に搬送された。

私達家族が病院に駆けつけた時、すでに緊急手術が行われていた。有名な大病院の後取り息子ということもあって、病院側も懸命な処置をしてくれたようだ。しかし結局、兄の意識が戻ることはなかった。

兄の置かれた状態は、脳死だった。あんなに優しかった兄も、もう目を覚ますことは永遠にない。生命維持装置によって心臓が勝手に動かされているだけで、実際には兄はもう死んでいる。

私が兄を殺したのだと思った。私とのことがなければ、あの日、兄が家出をすることはなかった。そうすればホームに落ちた子供と出くわすこともなかったのだ。

兄を殺したのは、私だった。

事故から一週間が過ぎた。脳死という事実を突きつけられても、私はそれを受け止められないでいた。

目の前のベッドで寝ている兄は、機械に頼っているとはいえ、きちんと息をしている。その肌に触れれば、ちゃんと体温もあるのだ。

父と母が病院の医師達と何やら話しているのを、私は兄の傍《かたわ》らに付き添いながら、ぼんやりと眺めていた。やがて、父が私に言った。

「翔の臓器を提供することにした」

父の言っている意味が理解できなかった。私は必死で父に縋《すが》り、首を横に振った。

「翔はドナーカードを携帯していた。あいつの意志なんだ。私はあいつの最後の思いを尊重することにした」

日本中に臓器移植でしか助かる見込みのない患者がたくさんいて、祈るようにして提供者を待っているのだという。そして、自分の身に何かあったら、そういう人の役に立ちたいというのが、兄の意志なのだそうだ。

確かに私も、兄からずっと前にそんな話を聞いたことがあった。兄は笑いながら、脳死は医学的には死であって、肉体に血は通っていてもそこに心はないのだから、もし自分がそうなったら臓器を誰かの役に立てて欲しいと言った。

兄は立派な人だと、その時は単純にそう思った。しかし、現実にそんな事態になってみて、目の前で息をしている兄を見て、私の心は乱れた。

この兄にもう心がないだなんて、私には到底思えなかった。以前と何も変わらぬ、私の兄にしか見えない。

三日後、兄の生命維持装置は取り外された。兄の心臓を含むいくつかの臓器は、手術を待つ人達のもとへと配られていった。

その後、父は涙の決断をした医師として、週刊誌やテレビのワイドショーで大々的に取り上げられた。それは兄のホームでの子供救出劇とも合わせて、大変な話題となった。

本来は公開されるはずのない情報がマスコミにリークされたのに、父はその取材を断らなかった。皮肉にも兄の死によって、父の病院はさらに繁盛することとなった。

4

「沙智、とっても素敵な劇団のお芝居があるんだ。一緒に行こうよ」

声を失って以来、たくさんの友人が私から去っていった。離れていく人達を責める気にはならない。むしろそんな関係しか作れていなかった私自身にも、問題はたくさんあったのだと思う。

そんな中でも、美奈はずっと仲良くしてくれている数少ない友達の一人だった。高校のクラスメイトで、同じ大学を一緒に受験し、今でも放課後や休日を一緒に過ごすことが多い。

あの事故から四年が過ぎ、私は時を止めたままの兄と同じ年齢になった。

その日も大学の授業を終えた後、美奈とキャンパスを歩いていた。美奈は小劇場で行われる芝居のフライヤーを手にしていた。

「とっても楽しくて、でも切なくて、凄く感動できる芝居をする劇団なんだ。旗揚げしたばかりでまだまだ無名だけど、きっとこれから有名になるよ。沙智も一緒に観に行こうよ」

小劇団の芝居なんて、観たことはなかった。あまり気乗りはしなかったが、美奈に引き摺《ず》られるようにして、劇場に足を踏み入れた。

芝居は衝撃的だった。知的障害のある子供の親達の苦悩を、グループホームを舞台にして描いた異色作で、前半はお腹が捩《よじ》れるくらい笑わせてくれ、後半は社会批判も含めて、切ない悲劇に仕上げられていた。

私はハンカチがぐちゃぐちゃになるくらい涙を流した。そしてこんな話を世の中に訴えようとした脚本家に感動した。終了後にフライヤーを裏返して見ると、脚本も演出も主演も同じ人物で、劇団の若き主宰者だった。

私は劇場の出口で観客を見送りながら挨拶《あいさつ》をしていた主宰者の青年の姿を見つけると、美奈の手を引いて近づいていった。

「素敵なお芝居でした」

美奈が主宰者に声を掛ける。

「ありがとう。嬉しいです」

「この子も、凄く感動したみたい」

「そうですか、それはありがとう」

主宰者が握手を求めてくる。私はその手を握り締めた。温かい手だと思った。

「この子、しゃべることができないんです。でも声が出せないだけで、ちゃんと耳は聞こえますから、お芝居も楽しんでましたよ」

美奈が私に代わって説明をしてくれる。いつものことだ。感謝と恥ずかしさの入り混じった複雑な思いで、私は顔を伏せた。

「前から二列目にいた方ですよね。凄く一生懸命に観てくれてたから、僕も嬉しかったです」

主宰者の彼はそう言って、私の手をさらに強く握り締めた。

「これからもよろしくね」

彼の言葉に、私は何度も頷《うなず》いた。

彼の名は、沢木彰人《あきと》といった。学生時代から有名な劇団で芝居を重ねていたが、最近になって独立し、自分の劇団を旗揚げした。

脚本を書き、演出をし、自分で主演をした。私は知らなかったが、熱狂的なファンも多かったようだ。

私はそれから、翌日もその翌日も、その芝居を観に通い続けた。いや、芝居を観に行ったのではない。主演の沢木彰人を観に行ったのだ。

彼のまっすぐな演技に心を奪われた。自分の信じる方向をしっかりと見つめる、その眼差《まなざ》しが眩しかった。その声も、指先の動きも、細身の身体が流れる姿も、すべてを目で追った。彼の演技の匂いが、舞台から客席まで届くような気がした。

結局、マチネとソワレの両方の公演を千秋楽まで観続けた。そして、毎回とも芝居が終わると必ず沢木彰人と握手をするために、出口で彼の姿を探した。

もう美奈と一緒ではなかったので、自分の感動を言葉で彼に伝えることはできない。しかし、芝居の興奮に瞳を潤ませた私を見て、沢木彰人はいつも満足そうに強く手を握り返してくれた。

千秋楽の舞台の後、いつものように彼に握手を求めた。これでしばらくは彼の芝居を観ることができないと思うと、私の心は鉛のように重かった。

「最後まで観に来てくれてありがとう」

沢木が笑顔で言った。

〈ありがとうございました〉

声は出ないが、口の形でそうわかるように、彼に自分の思いを伝えた。

しっかりとした握手。何かが通い合ったような気がした。ふと、手の内側に違和感を覚える。彼が悪戯《いたずら》っぽい笑顔で私だけにわかるように、こっそりとウインクをした。

劇場を出ると、握り締めた手をゆっくりと開いた。沢木が私の手の中に押し込んだものは、彼のメールアドレスと電話番号が書かれたメモだった。

＊

「待った？」

私は首を横に振った。スマートフォンの画面を彼に向かって傾ける。テキストを打って、彼に見せた。

〈たった今、来たところ〉

私達が二人で会うようになって、もう五回目を数えていた。沢木が私の手を取って歩き出す。私もその手を自然に握り返した。

今日は彼の誕生日だった。欲しいものを聞いたら、彼は私に手料理を作って欲しいと言った。

一人暮らしの彼の部屋へ夕食を作りに行く。それが意味することの重さを、私もわかっていた。

兄のことが吹っ切れたわけではなかった。その証拠に私はまだ声を出すことができない。でも、いつかは兄の死を乗り越えなくてはならないのだ。

ならばその相手は、沢木彰人がいいと思った。彼は私が声を出せないことなど少しも気にせず、まっすぐに私を見てくれた。

だから今夜、なぜ私が声を出せなくなったのか、すべてを話すつもりだった。彼ならきっとわかってくれる。そう思えた。


〈この花？〉

彼の部屋に足を踏み入れてすぐに、下駄箱の上に置かれた花瓶に活けられた花に目を奪われた。真夏の太陽のように鮮やかな花が、私を見つめていた。

「向日葵だよ」

私は小さく頷く。

「公演の祝いにファンから贈られた花束の中から、この一輪だけを貰って来たんだ」

〈向日葵、好きなの？〉

「向日葵を見ていると、なんだかとっても素直な気持ちになれるんだ」

〈私も向日葵は大好き〉

彼が私の側に来て、優しく髪を撫でる。そのまま抱き締められた。私の手からスマートフォンが滑り落ちる。

「向日葵の花言葉はね、『いつもあなたを見ている』なんだよ」

彼の腕に力が入る。くちづけされた。それに応える。彼の舌を受け入れ、私も舌を絡めた。

部屋の灯かりが消される。一枚ずつ服を脱がされ、ベッドに押し倒された。

〈初めてなの〉

窓から差し込む月明かりだけの薄暗い部屋の中で、彼の瞳を見つめながらそう口にした。声は出せなくても、彼は優しく頷いてくれた。

「沙智、愛してるよ」

彼のキスを首筋に受けながら、私は一粒の涙を零した。

彰人の唇がゆっくりと私の身体を這っていく。鎖骨を丹念にしゃぶられた後、乳首を吸われた。身体が弓なりにしなる。

欲情して勃起した乳首に、彰人の歯が当たった。眩暈《めまい》がするほどの刺激が、身体の中心を突き抜ける。

彰人の手が私の下腹部に伸びた。私は身体を開いて、彼の指を受け入れる。

すでに潤みを溢れさせている性器の上を、彼の指がゆっくりと往復する。何度も、何度も。

焦《じ》らすように触れた後、包皮を捲ってクリトリスを剝《む》き出しにされた。

空気に触れた敏感な芽を、強く刺激される。

「くううう っ」

声にならない唸《うな》りが、私の喉の奥の方から押し出された。全身が小刻みに痙攣を始める。指の腹で円を描くようにクリトリスを擦られた。気が狂うほどの快楽に、意識が朦朧としてくる。

やがてコンドームを付けた彰人が、覆い被《かぶ》さってきた。他人の重みが、これほど温かいと思えたことはなかった。頰を熱い涙が伝う。

「沙智、いくよ。痛かったら言ってな」

私は小さく頷いた。次の瞬間、想像を絶する痛みが、私の下腹部を襲った。それでも私は必死になって彰人の肩にしがみついた。

彰人のペニスが私の中に埋まる。ゆっくりと動き出す。すべてが幸せだった。彼に出会えたことに心から感謝した。

「沙智、凄いよ。気持ちいい」

「ああっ」

必死で頷いた。彰人が私を見つめる。優しげな瞳がキラキラと輝いていた。

私に負担を掛けないようにゆっくりと動きながら、私の髪をそうっと梳《す》いてくれる。暗闇の中で見る彼の顔が、一瞬兄に似ているような気がした。

やがて目が慣れてきたのか、彰人の表情も身体もよく見えるようになった。ふと違和感を覚えて、彼の身体を凝視した。

「あっ、これかい？」

ペニスを挿入したまま、彰人は身体の動きを止め、私の視線の先を指でなぞった。彼の胸に二十センチはあろうかという大きな傷跡があった。

「大きな病気をしたことがあって、一度死に掛けたんだ」

私が驚いた顔をすると、彼は私を安心させようとすぐに笑顔で言った。

「心臓の病気だったんだけど、うまく臓器を提供してくれるドナーが見つかってね。心臓移植をして、病気は完治したんだ。だからもう大丈夫。誰かは教えてもらってないけど、心臓をくれた人には本当に感謝してるよ」

〈いつ？〉

私は震える唇の動きで、そう聞いた。

「ちょうど四年前の夏さ」

彰人はそう言うと、再び身体を動かし始めた。ペニスが深く私の身体の中に入ってくる。

たくさんの思いが、洪水のように頭の中に押し寄せて来た。

ああ、そんなことがあるのだろうか？　兄が私のところに帰ってきてくれた。

翔ちゃん、私を許してくれたんだね。彰人が言った、向日葵の花言葉が蘇《よみがえ》る。

『いつもあなたを見ている』。ああ、翔ちゃん。

私も彰人に呼応するように、腰を振り始める。その度に繋がった二人の性器から、たくさんの思いが全身に広がっていった。

頬を熱い涙が伝う。すべてが私の中で一つになった。

「ああっ、感じるよ。沙智、本当に愛してる」

私は何度も繰り返し頷いた。

「なぜか感じるんだ。わかるんだよ。俺にとって一番大切なものが何かって」

「ありがとう」

「えっ、今……」

涙が止まらなかった。

「本当にありがとう」

「沙智。声、出たんだね！　よかった！」

「彰人さん、ありがとう」

そして、翔ちゃんもありがとうね。

私は彰人の身体に回した腕に、さらに力を込めた。

さくらの夜

教室の窓を開けると、夜の闇が凜《りん》として早春の匂いを浮き出させた。それが慣れ親しんだ古びた木造校舎の教室の匂いと混じり合って、改めて私の胸に切ない思いを溢れさせる。

「卒業、しちゃったんだな」

夜の教室。誰も座っていない机。黒板の落書き。先生の机。私は一人で呟《つぶや》く。

窓から無人の校庭を見下ろした。一本の桜の古木が哀《かな》しげに佇《たたず》んでいる。まるで古びた風景写真のように、音のない世界が広がる。

桜の花びらが、はらはらと舞い落ちた。色も音もない静止した世界で、ただ桜の花びらだけが、息苦しいほどに鮮烈な色彩を持って降り続けていた。

中学の卒業式が終わった日の夜、こっそりと忍び込んだ教室。そこで私は先生と二人で桜の花びらが散る様を眺めた。

三十年が過ぎた今でも、私はあの時のことを鮮明に記憶している。

「古賀君？」

突然背後から声を掛けられて、私は驚いて振り返った。

「あっ、先生」

「どうしたの、こんな時間に？」

目の前に白川先生が立っていた。

清潔そうな真っ白なブラウスに、桜色のカーディガンを羽織っている。濃紺の細身のミニスカートから伸びた真っ直ぐな脚が眩しかった。ボタンを二つ外した胸元から覗く肌の白さに、私は思わず視線を逸らしてしまう。

「どうしてももう一度、この窓からあの桜の木を見たくて……」

先生から顔を背けるようにして、私は小さな声で言った。

「それでこっそりと学校に忍び込んだの？」

「ごめんなさい」

「あきれた人ね」

私は俯いた。

先生の足が見える。つま先の開いたサンダルから、靴下を履いていない先生の足の指が覗いていた。

クスクスと先生の柔らかな笑い声が聞こえる。

「先生？」

驚いて、私は顔を上げた。

「実はね、私もなの」

アーモンド色に輝く瞳が、真っ直ぐに私を捉える。

「えっ？」

「卒業式で君達を送り出して、なんか気が抜けちゃってね。そうしたら、私達の教室の窓から、あの桜を見たくなっちゃった。そう思ったらもう居ても立ってもいられなくて。先生も忍び込んじゃった」

先生はそう言うと、小さく舌を出して笑った。赤い舌の残像が残る。

「私達の教室」と言ってくれたことがむしょうに嬉しかった。私は先生を見つめる。

先生が私の隣に来て、窓枠に手をつき、身を乗り出した。

「花びらが散っていく。綺麗だけど、なんか哀しいね」

そう言ったまま、先生は黙ってしまった。

美しい横顔が、触れれば届く距離にある。細い肩が微《かす》かに震えているような気がした。

先生が好きだ。

その瞬間、私の中に三年間ずっと押し込めていた思いが、一気に溢れ出してしまった。

気がつくと、私は先生の背後に回り、その身体を抱き締めていた。

「古賀君、どうしたの？」

「先生……」

先生は振り返らなかった。私は腕に力を込める。

「ああっ、古賀君。いけないわ」

私は先生の折れそうなほど細くしなやかな身体を背後から抱き締めたまま、その白い首筋にそっと唇を押し当てた。石鹸《せっけん》の香りだろうか。甘い匂いがほんのりと漂う。

「石鹸の匂いがするよ」

「お風呂に、入ってきたばかりだから」

今度は先生が私から顔を背けるようにして、か細い声で言った。俯き加減の横顔を覗き込むと、目はしっかりと閉じられている。長い睫《まつげ》が微かに震えているように見えた。アップにした髪は、確かにまだ少し濡れている。ほつれた後《おく》れ毛が、真っ白な項《うなじ》を掻《か》き乱すように幾重にも流れていた。

心臓が破裂しそうなほどに高鳴る。風邪で高熱を出したみたいに、身体が熱くなった。

「先生、好きなんです」

どうしても我慢できなくて、身体から言葉がこぼれ出てしまった。

「いけないわ」

いつもの先生の優しげな声が、少しだけ擦《かす》れているように聞こえる。私は先生の華奢《きゃしゃ》な身体に回した腕に、さらに力を込めた。自分で自分のしていることが信じられない。

「本当に好きなんです」

「そ、そんなこと……」

先生が弱々しく首を振った。それでも、私の腕を振り解《ほど》こうとはしない。

私は再び先生の首筋にくちづけた。優しく、そして強く。触れただけで壊れてしまいそうなほど柔らかで繊細なものを、大切に扱うときのように。

先生はまるで石になってしまったかのように、身動きひとつしない。私は抱き締めていた腕をずらし、カーディガンの上から、そっと両手でふくよかな乳房を包み込んだ。

「はああっ」

ぎゅっと閉じ込めていたものが小さな綻《ほころ》びから漏れ出していくみたいに、先生は深く息を吐き出した。

先生の背中から、体温を感じる。それだけで泣きそうになった。私は鼻を啜《すす》る。

「古賀君、泣いているの？」

こんな状況にもかかわらず、先生は私のことを心配してくれた。そのことを申し訳なく思いながらも、喜びを感じてしまう。

「僕、もう先生に会えない」

信州の片田舎にある小さな中学校。今年の卒業生はたった九人だった。教師は校長以下三人しかいない。

「東京はそんなに遠くじゃないわ。いつでも帰っていらっしゃい」

三年前、定年間近の校長と教頭だけだった学校に、先生は赴任してきた。東京の私立中学を辞めて、教職者不足が深刻な問題になっていた故郷のために戻ってきてくれたのだ。

若く美しく純真な先生は、いつも真剣に生徒達に向き合ってくれた。男女を問わず生徒達みんなが憧れを抱くのも、当然のことだった。先生が最初に担当した新入生だった私も、もちろん例外ではなかった。

「東京の高校に行ったら、先生は僕のことなんて忘れちゃうよね？」

春から父の転勤が決まっていた。それに合わせて、私は東京の高校を受験していた。今日卒業式を終えたので、明日にはこの小さな村を出て、東京に移り住むことになる。

私は先生の胸を包んでいた手に力を込めた。豊かな乳房が私の手によって、無様な形に変わる。

「古賀君のこと、忘れるわけないでしょう。だから、こんなことしないで」

先生の手が私の手に重ねられた。白く細い指。ひんやりとして、気持ちが良かった。

「先生、ほんと？」

「当たり前でしょう。古賀君は私がここに戻ってきて、最初に入ってきた新入生よ。ずっと一緒に過ごしてきたわ。君とは本当にたくさんの素敵な思い出がある。それに……」

「それに？」

私の身体に緊張が走る。それを感じたように、先生が閉じていた瞼《まぶた》を開いた。

先生の身体にも、微かに力が入ったのを感じる。先生はしばらくの間、闇に浮かぶ桜をじっと見ていた。そして再び目を閉じると、ゆっくりと首を左右に振った。

「古賀君、やっぱり、だめよ」

吐き出すようにそう言うと、先生は優しく私の手を掴み、自分の胸から引き離した。

「先生。僕は苦しいんです」

私は背後から自分の身体を、ぴったりと先生に寄せた。先生の身体の柔らかさが、直接伝わってくる。

(女の人の身体ってこんなにも柔らかいものなのか)

身体の芯に強い衝撃が走った。先生の柔らかな尻に押しつけられたペニスが、痛いほどに勃起し、強く脈打っているのを感じる。

先生にも伝わっているはずだ。それを考えると恥ずかしさで死にたくなる。それでも下腹部を押しつけることをやめられない。

「先生！」

私は再び先生の胸を鷲摑みにした。大きな乳房の肉が、潰されて私の手からはみ出してしまう。

「ああっ、古賀君……」

先生の声に色が籠《こも》る。性に未熟な私でも、牡の本能でそれを感じた。

「先生、好きなんです」

無我夢中で、先生の身体を窓際に二つ並んでいる机の上に押し倒す。小さな悲鳴を上げながら起き上がろうとする先生を、全身の体重を掛けながら机の上に押しつけた。

どうしたらいいのか、何をしたいのか、何もわからないのに、とにかく先生の身体をめちゃくちゃにしてしまいたい衝動を抑え切れない。好きだという気持ちが強くなり過ぎてしまった自分を制御することができなかった。

「やめなさい！」

その瞬間、頬に熱い痛みを感じた。最初は何が起きたのかわからなかった。すぐに先生に平手で打たれたのだと気づく。頬をジンジンとした痛みが襲ってきた。

先生が好きだ。その思いが爆発した。

先生のブラウスに手を掛ける。ボタンが勢いよく弾け飛んだ。白いレースのブラジャーに包まれた豊かな胸が、先生の呼吸に合わせて大きく揺れる。

「古賀君、だめっ！」

先生が私の身体を突き飛ばそうとした。私はその両手を払い除《の》け、ブラジャーを乱暴に押し上げる。

先生の乳房が剝き出しになった。月明かりが差し込むだけの薄暗い教室の中で、乳房の白さが浮き上がって見える。

綺麗だと思った。雪のように真っ白な乳房が、私の下で抵抗する先生の動きに合わせて激しく波打つ。

滑らかな肌。空気に触れた柔肌に鳥肌が広がる。その美しさに眩暈《めまい》がしそうになった。気がつくと、私はその先端にある薄紅色の乳首を口に含んでいた。

柔らかかった。今までの人生で感じたことがないような柔らかさだった。夢中になって舌を当て、力強く吸う。すると柔らかだった乳首に急激にしっかりと芯が通り始めた。

「ああっ、だめよ。古賀君、お願い……」

乳首を吸い上げながら、もう片方の乳房を手のひらで包み、力強く握り締めた。乳房を揉んでいく。もう何も考えられない。ただ肉体の暴走に理性のすべてを委《ゆだ》ねてしまう。

「先生、綺麗です」

私は先生の胸の谷間に顔を埋《うず》めたまま、喘《あえ》ぐようにそう言った。

先生が机の上で身体をくねらせる。さらに体重を掛けてそれを押さえ込むと、両手首を摑《つか》み、先生の頭上で固定した。先生は万歳をするような格好で、私を仰ぎ見る。

「古賀君、自分が何をしているかわかっているの？　お願い。冷静になって」

視線が合った。先生が悲しそうな目で私を見つめる。

「わかりません。何でこんなことをしているのか、自分でもわからないんです。ただわかっているのは、先生のことが好きだってことだけです」

私は先生の顔に自分の顔を近づけた。目の前に薄くて小さな唇が見える。

私はくちづけしようとした。先生が横を向いて逃げる。私はさらに顔を寄せて、それを追った。先生はもう私には視線を合わせず、今度は反対側に顔を背け、再び逃げた。

私もそれを追う。先生はイヤイヤをするように、何度も顔を背けた。しかし、私は執拗《しつよう》にそれを追い続ける。

ついに追いついた。二人の唇が重なる。芳醇な果実を思わせる瑞々《みずみず》しい唇。私は夢中になってむしゃぶりついた。

歯を当て、唇を噛《か》む。舌を突き出し、先生の唇を抉《こ》じ開けた。先生の歯と歯茎を舌先で味わい尽くす。永遠にそうしたいと思った。

やがて、先生の舌が遠慮がちに私の舌に応え始めた。初めはぎこちなく。そしてそれはだんだんと大胆なものに変わっていった。

互いに舌を絡め、交じり合った唾液を啜り合う。甘かった。心も肉体も蕩《とろ》けるくらい甘いと思った。息が苦しい。それでも私は先生の唇を吸い続けた。

意識が深く濃い靄《もや》の中に融けていく。肉体だけがはっきりとその存在を主張していた。

私は先生のスカートの中に手を入れ、下着を引き千切《ちぎ》った。先生を机の上に押さえつけたまま、自分でもズボンと下着を膝まで下ろす。すべてが無意識の行動だった。

勃起したペニスが先生の脚に当たる。熱くなったペニスに、先生の太腿のひんやりした感触が気持ちいい。それだけで射精してしまいそうなくらい興奮していた。

「ああっ、古賀君……」

私のペニスを肌で感じた途端、すべてを諦めたかのように、先生の肉体から力が抜けた。

静まり返った誰もいない教室。私と先生が荒く呼吸する音だけが響いている。

女性との経験が一度もなかった私には、そこから先どうしたらいいのか、まったくわからなかった。ただ、先生のことをもっともっと深く感じたいと思った。

先生に身体を重ねる。先生の唇を吸う。先生の舌を味わう。

先生も私の舌を吸ってくれた。先生の細く長い腕が私の身体に巻きつくようにゆっくりと伸び、そして優しく抱き締めてくれた。

その瞬間、私のペニスが柔らかな粘膜に包まれた。深く飲み込まれていく。熱い潤みが音を立てて私のペニスを融かしていく。

「あああっ」

先生が仰《の》け反《ぞ》りながら、大きな声を上げた。顎を上げた先生の白い喉が見える。堪《たま》らなくなって、私はそこにくちづけた。

「先生」

「あうううっ、古賀君。ああっ、だめっ」

先生の腕に力が入る。私の身体が強く引き寄せられ、二人の密着度がさらに増した。

「ううっ、先生。気持ちいいです」

私は先生の首筋に舌を這わせながら、身体を震わせた。

ペニスを包み込む柔らかな粘膜の温度が、どんどんと上がっていく。強烈な快楽の電流が、私の身体の芯を突き抜けていった。気がつくと、私は激しく腰を振っていた。

「ああっ、古賀君。凄い。いやっ、だめっ」

「先生、好きだよ。大好きだよ」

先生の身体も痙攣《けいれん》を始めていた。首筋や胸元がピンク色に染まっていく。

私は夢中になって腰を振り続けた。ギシギシと机が音を立てて揺れる。

開かれた先生の美しい脚が、緩やかに宙を舞う。暗闇の中で、その白さが怖いくらいに美しいと感じた。

「ああっ、古賀君……」

私の快楽の波が限界を超えた。

「あああっ、先生！」

私は先生の中に射精した。嵐が身体の中を吹き荒れる。歯を食い縛り、きつく目を閉じながら、何度も何度も射精を続けた。その度に身体が大きく跳ね上がる。

「ああっ、古賀君！」

先生が一際大きな声で私の名を呼んだかと思うと、両手両足で私の身体を強く抱き締めながら、激しく痙攣を始めた。

私の身体を跳ね飛ばしてしまうのではないかと思うくらい大きく身体を仰け反らせる。

「先生！」

私も先生の身体を強く抱き締めた。射精が止まらない。先生が包んでくれる。ペニスだけでなく、身体ごと先生の性器に飲み込まれていくような錯覚を感じた。

どれくらいそうしていただろうか。やがて私は力尽きて、先生の上でその身体を弛緩《しかん》させた。

「古賀君、もういいでしょう。降りてちょうだい」

その声に我に返り、私は先生の身体の上から降りる。身体を離すとき、ズルズルとペニスが先生の性器から引き抜かれていくのを感じた。まだ勃起したままのペニスは、二人の体液によって、ベトベトに濡れて光っていた。

先生がゆっくりと身体を起こした。

腰まで捲《まく》り上がったままのスカートを下ろす。破れたブラウスの前を掻き合わせ、剝き出しだった乳房を隠した。

先生はずっと俯いたままだった。

「先生……」

「…………」

先生は泣いているように見えた。

「先生、ごめんなさい」

「先に帰って」

「先生」

「いいから、先に帰って。そして、もう二度と私の前に現れないで」

私は慌ててズボンを上げると、後ろも振り返らずにその場から逃げ出した。

それ以来、私は故郷の街には一度も帰っていない。もちろん、白川先生にも会うことはなかった。三十年が過ぎた今でも、私はあの時のことを鮮明に記憶している。


四十五歳の春、私は異例の若さで都市開発本部の本部長に昇進した。

その代償として、家庭も趣味もないがしろにして、仕事に人生のほとんどを捧《ささ》げてきたが、私はそのことを後悔するどころか、むしろ誇りにさえ思っていた。

辞令交付のため、朝一番で専務に呼ばれた。

「古賀君。本部長昇進、おめでとう」

「専務、ありがとうございます。これもひとえに専務のご推挙のお蔭です。大変感謝しております」

「いやいや、私の後押しはともかく、一番は君の能力を会社が評価したということだよ。これで取締役へもあと一歩だな。さらに頑張ってくれよ」

「はい、今まで以上に会社の業績拡大に向け、努力を惜しまずに働かせていただきます」

専務室の重厚な椅子に座った八橋専務は、私の答えに満足そうに、笑顔で何度も頷いた。

「ところで古賀君、さっそくだが君に一つ大きな仕事を任せたいと思う」

「はい、どんな仕事でしょうか？」

「長野のリゾート村の開発事業だ。古い中学校や公民館などを含めたいくつかの公共施設を飲み込んで、大規模なリゾートマンションとスキー場や温泉施設などのレジャーランドを作る計画だ。村長や村議会への根回しはすでに終わっている」

八橋専務が机の上に図面を広げる。そこには広大な面積にいくつものレジャー施設が描かれていた。

「公民館は第三セクターのシティホールに置き換えるとして、中学校がやっかいじゃないですか？」

「なぁに、心配には及ばん。生徒数も五十人を割っている小さな学校だ。校舎も築二十五年と古いし、予算が取れずに耐震補強工事も行われていないままだ。村長や村議会への裏工作で、廃校の同意は取りつけた」

そう言いながら、八橋専務は満足そうに笑顔で図面を指差した。

「地域住民の反対運動は？」

「まったくないわけじゃないが、それもたいしたことはない。これだけの規模のレジャー施設ができれば、雇用創出や観光促進など、過疎地域にとって経済効果は莫大《ばくだい》だ。むしろ歓迎する住民が大多数というところだな」

私は八橋専務の前に広げられた図面に書かれた文字を見て驚く。

「ここは……」

「どうかしたか？」

「いえ、この村は私が三十年前まで住んでいたところです」

「ほう、それは奇遇だな。大きな障害はほとんどない事業だ。君の最年少での本部長昇進に箔《はく》をつけるためのご祝儀みたいな仕事だが、故郷の活性化のためにも、頑張ってくれたまえ」

「わかりました。全力で頑張らせていただきます。すぐにでも現地を視察して来ます」

「ほう、気合が入っているな。君自身で現地入りするか。それでいつ行く？」

「今すぐに出ます」

「今すぐ？」

「スピードが私の仕事の信条ですから」

八橋専務は満足そうに頷いていた。

午前中のうちに新幹線に飛び乗る。途中から在来線を乗り継いで現地に着いた頃には、すでに春の日はだいぶ西に傾いていた。

あえて長野支社の社員には、連絡を取らなかった。本社の本部長が視察に来ると言えば、車や宿泊のホテル、さらには夜の宴席の手配まで、現地の支社社員が気を使うことはわかっていた。

今までの私だったら、社内接待に近いとはいえ、それも組織運営の一環だと考え、迷わず連絡を取っていたに違いない。

しかし、今回だけは違った。取り壊しの対象になっている中学校の名前を見て、お忍びでの現地入りを決めた。

単線の小さな駅からタクシーで一時間近く走った。途中の車窓から見える風景は、三十年の歳月を一瞬にして私に忘れさせ、十五歳の春に引き戻した。

「何も変わっていない」

思わずそう口にした私に、タクシーの運転手がルームミラー越しに話し掛けてきた。

「いいところでしょう」

「ああ、そうですね」

自分の生まれた村に帰ってきた。白川先生のいるこの村に。彼女はまだ教師を続けているのだろうか？

甘酸っぱいときめきが蘇《よみがえ》る。

「その先の中学校の所で降ろしてください」

「わかりました。ところでお客さん、今日はお泊りですか？」

「そのつもりです。長野市まで戻って、ビジネスホテルを探すつもりだけど」

「この近くに一軒だけ、小さな旅館がありますよ。老夫婦だけでやっている古びた宿ですが、川に面しているから清流のせせらぎを聞きながら露天風呂にも入れるし、地の野草や川魚も料理してくれます。長野駅周辺のビジネスホテルもいいですけど、それじゃあ味気ないでしょう」

運転手が車を止め、人懐っこい笑顔で振り返った。私は料金を払いながら、運転手に礼を言った。

「ありがとう。考えてみるよ」

私が降りると、タクシーは来た道を引き返していった。

私は中学校の校庭に足を踏み入れた。あの夜に逃げるように飛び出して以来、校門をくぐるのは三十年ぶりだった。

校舎こそ当時の木造から鉄筋コンクリートのものに建て替えられてはいたが、それ以外はすべてが当時のままだ。

夕日を受け、校舎がオレンジ色に染まっている。桜の古木もあの日と同じように、満開の花をつけていた。

私は桜の木の下まで歩いていった。柔らかな風に枝がそよぐ度に、はらはらと薄紅色の花びらが散っていく。

目を閉じ、深く息を吸った。あの時と同じ匂いが、私の胸を一杯にする。

その時だった。突然、背後から声を掛けられた。

「どちらさまですか？」

私が振り返ると、若く美しい女性が立っていた。

「えっ！」

その女性を見た瞬間、私はあまりの驚きに、思わず声を上げてしまった。しかし、すぐにその驚きの理由が、私の錯覚に過ぎなかったことに気づく。女性が怪訝《けげん》そうな顔で私の顔を覗き込んだ。

「どうかしましたか？」

「い、いえ。あなたが知人の女性によく似ていたものですから。大変失礼いたしました」

私の答えに、女性が小さく噴き出した。

「確かにありふれた顔ですから」

私は慌てて謝った。

「すみませんでした。でも、違うんです。その方は、私が今までの人生の中で出会った女性で一番素敵な人でした」

女性が少し照れたようにはにかんだ。その様子に、なぜだかやはり私は白川先生を連想してしまう。

三十年ぶりに母校に戻ってきたことが、どうやら私を感傷的にしているようだった。

「そんなにむきになられて、さぞや大切な方なんですね。一瞬でもそんな方に間違えられて、とても光栄だわ」

「すみません。重ね重ね失礼いたしました」

私は額に浮き出してきた冷や汗を、ハンカチで拭《ぬぐ》いながら頭を下げた。女性はずっと微笑《ほほえ》んでいた。

「現地の視察ですか？」

「えっ、なぜ？」

「だって、そんな高そうなスーツを着て標準語でしゃべる人は、このあたりじゃそうはいませんから。リゾート村建設の関係者の方でしょう。東京からですか？」

「はい、東京から来ました」

私は苦笑しながら頷いた。

「あと、一年なんです」

美しい女性が、桜の木を見上げながら言った。

「えっ？」

「この学校が廃校になって、取り壊されるまでです。あなたの会社がこのあたりにリゾートマンションやリゾート施設を作るのでしょう。村議会の人達は、過疎の村が豊かになるって、みんな喜んでいます」

女性はずっと桜を見上げたままだった。

「でも、あなたは違うんですね」

「わかりません。みんなが喜んでいるのなら、それが一番いいのかもしれません。でも
……」

「でも？」

「この桜の木だけは、切り倒して欲しくないって思います」

私も女性と一緒に、桜の木を見上げた。

「良い桜ですね」

「ずっと長い間、ここで生徒達を見守ってきた木なんです。この桜が咲く季節に生徒が巣立ち、そしてまた新しい子が入ってくる」

「失礼ですが、こちらの学校の先生ですか？」

「はい。と言っても、ここへ来てまだ三年ですけど。以前は私も東京にいたんですよ」

私はその美しい女性が桜の木を見上げるその横顔を、ずっと盗み見ていた。

二十代後半だろうか。ちょうどあの頃の白川先生と同じくらいの年齢に見える。真っ白な首筋の滑らかな肌を見ていると、あのときのことが蘇り、胸が苦しくなった。

私は女性に言った。

「この木は、切らせません」

「えっ？」

女性が振り返った。アーモンド色に輝く瞳が、真っ直ぐに私を捉える。

「この木はこのままここに残します。建物の設計を少し手直ししなければならないかもしれませんが、リゾート施設の中心に公園を造って、訪れた人の誰もがこの木を愛《め》でられるようにします」

女性の顔が、まるで花が咲いたように、ぱっと華やいだ。

「ほんとですか！」

「約束します」

「お名前を伺ってもいいですか？」

「失礼しました。私は古賀といいます」

私は女性に名刺を渡した。女性は私の名刺をずっと見ていた。

「古賀さん、とおっしゃるんですね。今日はお会いできてよかったです」

「私もあなたに会えてよかった」

「荒木です。荒木真奈美と申します」

「荒木先生にお会いできてよかった」

女性が真っ直ぐに私を見つめる。

「古賀さんは、今夜はどちらにお泊りなんですか？」

「まだ、決めていないんですが、タクシーの運転手にこの近くの宿を紹介されたので、そこに行ってみようかと思っています」

「それでしたら、私がご案内します」

「そんな……。道を教えていただければ、散歩がてらに探しながら行きますよ」

「遠慮なさらないでください。歩いても十分ほどの道ですが、意外とわかりづらい所を行くんです。それにもうすぐ日も暮れますし」

そう言いながら、女性は歩き出した。

「それじゃ、遠慮なくご好意に甘えます」

私も彼女と一緒に歩き出した。


「おじさん、お客様をお連れしたわよ」

宿に着くと、真奈美は玄関口でそう叫びながら、私に向かって小さく舌を出して笑った。赤い舌の残像が残る。

「えっ？」

私が驚いた顔をすると、彼女はちょこんと頭を下げた。

「ごめんなさい。実は私、ここの離れに下宿させてもらってるんです。別に騙《だま》すつもりじゃなかったんですけど、古賀さんともう少しお話をしてみたかったんで、黙ってこちらに案内しちゃいました」

私も彼女につられるようにして苦笑した。

奥から老人が現れる。

「いらっしゃいませ。謙三からお客様がいらっしゃるだろうって、連絡は貰ってました」

真奈美が老人の言葉を受けて補足する。

「謙三さんって、古賀さんが乗ったタクシーの運転手です。実は、この宿をやっているこちらの川上さんの弟さんなんです」

私は肩を竦《すく》めた。

「何から何まで、なんだか狐にでも化かされている気分になってきましたよ」

しかし、私を一番驚かせたのは、川上と呼ばれた宿の主人だった。歳《とし》はだいぶいっていたが、それは間違いなく私の中学校の教頭先生だった。

尋ねてみようかとも思ったが、どうやら教頭は私に気づいていないようだった。白川先生との事件での負い目もある。私は黙っていることにした。

そのまま部屋に通された。六畳の和室が二間続いていて、さらに奥には広縁がある。そしてその先の窓からはすぐ目の前の川が見下ろせた。古い宿だったが、部屋は清潔で掃除が行き届いており、気持ちよく泊まれそうだった。

「良い部屋でしょう」

私を部屋まで案内してくれた真奈美が、窓を開けながら言った。窓の外から、川のせせらぎが聞こえる。

窓枠に両手をついて、真奈美が川を見ていた。その後ろ姿を見て、私は不思議な思いにかられる。本当に狐の宿に迷い込んだような気分になった。

「お夕食とお風呂、どちらを先にします？」

「ここは良い露天風呂があるんですよね。先にお風呂をいただこうかな」

「わかりました。私からおじさんに伝えておきますね。お夕食はこのお部屋にご用意することになりますけど。古賀さん、もしよろしければ、私もご一緒してよろしいですか？　いつも一人で食べてるんです。休日は宿の仕事を手伝いながら、川上さんご夫婦と一緒のこともあるのですけど」

「食事は誰かと一緒の方が楽しいものです。それにこんな美しい方とご一緒できるのは大変光栄なことだし」

「そのお言葉は話半分にとっておきますが、それでもちょっと嬉しいです。それじゃ、一時間後にお夕食でよろしいですね」

真奈美は笑顔で何度も振り返りながら、部屋を出て行った。


風呂に入った。内風呂の奥に扉があり、その先に露天風呂が繋がっているようだった。私は扉を開け、外に出た。目の前で清流が岩に砕かれ、水飛沫《しぶき》をあげている。露天風呂は川辺に大きな岩を組んで作られていた。

「あっ！」

湯に足を入れようとして、私は思わず声を上げた。露天風呂の中に若い女性の先客がいる。白いタオルを身体に当てただけの細くしなやかな肢体が、湯の中でゆらゆらと揺れて見えた。

「すみません」

私は一声詫《わ》びると、露天風呂を後にしようとした。

「古賀さん、私ですよ」

聞き覚えのあるその声に振り返ると、湯の中で真奈美が笑っていた。

「真奈美さん」

「へへへっ。待ち伏せしちゃいました。良かったらご一緒しません？」

私は慌ててタオルで下腹部を覆うと、湯の中に身を沈めた。柔らかい良い湯だった。

「ずいぶん大胆だね」

「男女それぞれの内湯から繋がっている露天風呂は、混浴になっているんです。小さな宿は、ご家族でお泊りのお客さんがほとんどですから。それに今夜のお泊りは古賀さん一人だけだし」

「いや、それにしても若いお嬢さんが……」

「あら、嬉しい。でも私、もうすぐ三十路《みそじ》になるんですよ。それにバツイチで東京から逃げてきた訳アリ女で、古賀さんが気を使うほど純情でもありません。もっとも男性と混浴なんて、別れた夫を除けば、生まれて初めてですけどね」

真奈美が頬を赤くしているのは、温泉に火照《ほて》ったばかりではないようだった。

月明かりが露天風呂に注ぐ。私は無遠慮な視線を送らないように意識していたが、それでも時折、雪のように純白な肌が、湯の中で柔らかに揺れているのが視界に入ってきた。

「君を見ていると、ある女性を思い出す」

「さっき言っていらっしゃった方ですか？」

「ああ。とても美しくて、素敵な人でした」

「その方に私が似ているんですか？」

「似ているというか、何か連想させるものを感じるんです」

「男性ってみんなそうやって女性を口説くんでしょう」

「いや、私は別に――」

「ふふふっ、いいんです。私も古賀さんと、なんだか初めて会った気がしないから」

そう言うと、真奈美は湯から上がった。身体の前にタオルを当てただけだったので、後ろ姿はあられもない素肌がそのまま丸見えになっている。滑らかな丸みを持った尻に、私の目は釘付けになった。

「先に上がっています。お部屋にお食事を用意しておきますから」

扉の向こうに、真奈美の姿が消えていった。


部屋に戻ると浴衣姿の真奈美が待っていた。露天風呂で見た後ろ姿が頭を過《よ》ぎる。真奈美もさすがに照れているのか、まるで拗《す》ねているみたいに横を向いていた。

奥の部屋にはすでに布団が敷いてある。それを意識しないようにして、私は料理が並べてある大きなテーブルの前に座った。

「ビール、飲みますか？」

真奈美が顔を上げて言った。

アップにした髪は、まだ少し濡れている。ほつれた後れ毛が、真っ白な項を掻き乱すように幾重にも流れていた。

真奈美が冷蔵庫からビールを取り出すと、私の隣に座り、コップに注《つ》いでくれた。

「私もいただこうかな？」

私はビール瓶を真奈美から受け取ると、彼女のコップにも注いでやった。真奈美がビールを飲む。顔を上げ、目を閉じ、コップのビールを一息に飲んでいく。ゴクゴクと動く白い喉が艶《なまめ》かしい。

「狐じゃなかったよ」

「えっ、何が？」

「お尻に尻尾はなかった」

真奈美が笑った。崩した脚が、浴衣の裾を乱す。

「桜の木、そろそろ散り始めます」

あの桜ほど美しいものは見たことがなかった。散りゆく様は妖しいくらい甘美で、まるで見るものを惑わせるようだった。

真奈美が私にしな垂れ掛かる。

「古賀さんにちょっとだけ、甘えてもいいですか？」

私はその柔らかで薄い身体を受け止めるように、そっと肩を抱いた。

「古賀さんといると、とても安心します」

真奈美が潤んだ瞳で私を見上げた。花びらを散らすあの校庭の桜の木の姿が脳裏を過ぎる。

もう我慢できなかった。

私は真奈美の浴衣の胸元に手を差し入れた。細身の身体からは想像もできないような豊かな乳房に触れた。

「ああっ、いやっ！　だめです！」

切なげに声を漏らす真奈美の唇を、激しいくちづけで塞いだ。真奈美が全身の力をふりしぼるようにして、私の身体を押し退《の》けようとする。私は力ずくで暴れる真奈美を押さえつけると、そのまま縺《もつ》れるようにして、奥の部屋の布団の上に倒れ込んだ。

浴衣の帯を解く。ブラジャーは着けていない。露《あらわ》になった素肌から、湯の香りが沸き立つ。白く浮き上がる乳房の頂《いただき》に薄紅色の乳首が尖《とが》っていた。私はそれを口に含み、歯を当て、舌で転がす。真奈美が身体を仰け反らせ、布団の上をずり上がって逃げようとした。

体重を掛け、その身体を布団に押しつける。そして下着に手を掛けると、一気に破り捨てた。彼女が小さく悲鳴を上げる。

私はそのまま身体をずらし、彼女の下腹部に舌を這わした。潤みを湛《たた》える性器を舌で抉《こ》じ開け、その泉を啜る。

「ああっ、だめっ！　お願いです。許して」

閉じ合わさった包皮を捲り、クリトリスを剝き出しにする。空気に触れたとたんに、クリトリスは透明に輝きながら震え始めた。私はそれを舌で舐めとり、歯を当て、強く吸い上げる。

「あううっ、いやっ、だめっ。あああっ」

真奈美の身体を力強く抱き締めた。折れてしまいそうなくらい柔らかな身体が、私の腕の中に包み込まれていく。

　再びくちづけると、真奈美は観念したように身体の力を抜き、私の舌に自分の舌を絡めて応えた。最初は躊躇《ためら》いがちだったが、やがて堰《せき》を切ったように激しく私の舌を啜り始める。

　尖った乳首を指で押し潰した。真奈美がくぐもった悲鳴を喉の奥で漏らす。私はその声に心も身体も濡らしながら、彼女の豊かな乳房を鷲摑みにし、その芯が解《ほぐ》れるほどに力強く揉み続けた。

　真奈美の息が乱れ始めた。真っ白な肉体が、ゆっくりと桜色に染まっていく。その美しい光景を見つめながら、融け出した真奈美の性器にペニスを宛がった。

「ああっ、それだけは――」

　真奈美の叫びを激しいくちづけで塞ぐと、私は血が沸騰しそうなくらい熱くなったペニスを彼女の性器に沈めた。すべてを忘れて、獣に身を窶《やつ》す。

「あああっ！」

　真奈美の頬を涙が伝う。私はそれを舌で舐め取ると、狂ったようにペニスで彼女の性器を抉《えぐ》り続けた。

「はあっ。あああっ」

　私の身体によって大きく開かされた真奈美の脚が、一定のリズムを持って揺れ続ける。真奈美の擦れた嗚咽《おえつ》がそのリズムに重なった。

「ああっ、すごいよ。心も身体も蕩けそうだ」

快楽に意識さえ遠退いていく。欲望の波が限界に達した。細い身体を痙攣させてすすり泣く真奈美の中に、私は射精した。真奈美も同時に絶頂を迎えた。

すべての精液を真奈美に注ぎ切り、私は身体を離した。のろのろと布団の上に起き上がった真奈美は、私に背を向けたまましばらくすすり泣いていた。

やがて、ぽつりぽつりと話し始める。

「母も、こうやって犯されたんですね」

「えっ？」

「白川涼子は私の母です。私は三年前に癌《がん》で亡くなった母の代わりに、あの中学校で教師を始めました。母は亡くなるときに、あなたのことをすべて話してくれました。母はあなたのことを愛していました。あなたが生徒だったときも、そして卒業式の夜にあなたにレイプされて子供を身籠った後も。だから母は、私を産む決心をしました。でも、高校生だったあなたに負担を掛けないために、そのことは誰にも言わなかった。もちろんあなた自身にも。ただ一人、母の理解者だった教頭先生を除いては……。小さな村で肩身の狭い思いをしながらシングルマザーとして生きていた母を、教頭先生夫婦は本当に親身になって助けてくれたそうです。だから私も母が亡くなった後、教頭先生がずっと守ってこられた中学校に、恩返しのために戻ってきました。ちょうど離婚も成立したばかりでしたしね。結婚はまったく上手くいきませんでした。父親というものの存在を知らずに生きてきた私は、どこかで夫にその代替を求めていたのかもしれません。若い夫にしてみれば、それはとても重かったのだと思います。私はただ、父親に甘えてみたかっただけだったんですけどね」

「…………」

私の手は震えていた。

「古賀さんの名刺をいただいたとき、白川ではなく、とっさに夫の姓だった荒木を名乗りました。母がずっと秘密にしてきたように、私もあなたに迷惑を掛けないために、自分が娘であることは黙っているつもりでした。でもね、ただ一晩だけでいいから、娘として父親に甘えてみたかったんです。一緒にお風呂に入ったり、ご飯を食べたり。それだけできたら、何も言わずにあなたを見送るつもりでした。ただ、それだけだったんです。それなのに……。こんなことがなければ、最後まで黙っているつもりでした。驚きましたか、古賀さん。いえ、お父さん」

全身から血の気が引いていくのを感じる。

どうやってここまで来たのか、窓から一枚の桜の花びらが舞い込み、私の足元に落ちた。

少女人形

1

「純一のことが大好きよ」

キスをする前に、麻里子はいつも決まってそう言った。僕は従順な飼い犬のように瞳を輝かせながら、彼女の甘美な唇の柔らかさを思い描く。

「もう、男のくせにそんな顔をして。まるでパブロフの犬ね」

麻里子には笑われるけど、そんなときの僕は、泣きたいくらいの喜びで胸がいっぱいになり、なんとも情けない顔をしていたと思う。だって、黒真珠のような深い輝きを放つ彼女の大きな瞳に真っ直ぐに見つめられながらその言葉を聞くだけで、僕の心は幸福に打ち震え、体温が三度くらい上昇したみたいになってしまうのだから。

目の前に麻里子の美しい顔がある。ゾクゾクするような悩ましげな笑みを湛《たた》え、上目使いで僕を見つめる。

暗い部屋にフロアランプの照明が逆光になり、麻里子の美しい輪郭が僕に迫る。天使と悪魔が同居するような笑顔に、僕の身体が熱くなる。

身長が一七〇センチある麻里子がハイヒールを履くと、一七五センチの僕より背が高くなってしまう。麻里子はモデルという仕事柄、一五センチくらいのハイヒールを履くことが多いので、外で会うときはだいたい彼女の方が目線が少し上だ。だから彼女とのキスは、室内でする方が好きだった。裸足なら、僕の方が少しだけ背が高くなる。

麻里子が左手の人差し指と親指で、自分の耳朶《みみたぶ》をそっと摘んだ。まるで柔らかなグミの感触を楽しむかのように、ピアスをまだ一度もしたことがないという美しい白い耳朶をパールピンクに塗られた爪が弄《もてあそ》ぶ。

麻里子自身は気づいていないが、そのしぐさは彼女が何かに夢中になっているときに無意識にする癖だ。僕だけがそのことを知っている。

耳朶が柔らかに形を変え続ける。セックスの前に麻里子がそれをするときはさらに特別で、彼女が凄く興奮しているというシグナルだった。そして僕もその事実に、身体を熱くする。

麻里子が僕の胸にその細い身体を滑り込ませてきた。彼女の柔らかにウェーブが掛かった栗色の髪から、シャンプーの甘い香りが漂う。僕の血が沸き立つ。

彼女の細く長い腕が、僕の首に絡みついた。まるで大蛇に巻きつかれたみたいに、息が苦しくなる。堪《たま》らなくなって、僕も強く彼女を抱き締め返した。身体が勝手に暴走する。狂おしいほどに、彼女が愛《いと》おしかった。

麻里子がゆっくりと顔を上げる。二人の視線が絡み合う。透明なヴェールによって覆われた美しい瞳が、僕を捕らえて離さない。

言葉なんていらない。僕らはただひたすらに、相手を見つめる。それだけですべてが通じ合う。

麻里子が僕の頭を両腕で引き寄せた。たっぷりとグロスを重ねたローズレッドの唇が目の前に迫る。躊躇《ためら》いがちに、僕は唇を合わせた。何度か唇が触れ合う。それは情熱とともに次第に激しく重なり、やがて融け出して一つになった。

麻里子の舌が滑り込んでくる。すぐに僕も反応する。お互いの舌を夢中になって貪《むさぼ》り合う。僕の唾液を彼女が音を立てて啜《すす》る。

高熱にうなされたときのように、意識が朦朧《もうろう》としてきた。彼女の唾液は、僕にとって麻薬に等しい。時間の感覚がなくなる。一瞬が永遠になり、永遠が一瞬になる。

息が苦しくなって唇を離した。細く糸を引いた唾液が、夜露に濡れた蜘蛛の糸のように銀色にキラキラと輝く。それを見て、麻里子が妖しい笑みを浮かべた。その顔が堪らなく愛おしい。麻里子のすべてが欲しいと思う。

麻里子のニットのワンピースの上から、その乳房を激しく摑《つか》んだ。スレンダーな身体からは想像もつかないほど豊満な乳房。その弾力が、僕の手を押し返してくる。

「待って」

麻里子の手が、僕の胸を押した。笑顔で僕を見つめながら、ゆっくりと身体を離す。

「見ててね」

言われなくたって、もう一瞬だって目を離せるものではなかった。瞬きする間さえ惜しいと思う。

麻里子が背中に手を回し、ワンピースのホックを外した。まるで手品でも見ているかのように、瞬時にワンピースが足元に落ち、下着姿の麻里子が現れた。

チョコレート色のレースに覆われたセットアップのブラジャーとショーツ。透き通るほどに真っ白な細身のその身体を、面積の小さな布で申し訳程度に覆っているその姿は、見る者にとって、美しき暴力のようだった。

麻里子がブラジャーを外す。瑞々《みずみず》しい果実のような乳首を乗せた胸が揺れた。思わず手を伸ばしてしまう。

「まだ、だめよ」

悪戯っぽい笑顔で、麻里子が逃げる。眩暈《めまい》がした。息が苦しい。

麻里子がショーツに手を掛ける。両サイドが細い紐になっていて、蝶結びで留めてある。それを人差し指と親指の二本で摘み、ゆっくりと引いていった。

はらりと、片側だけが解《ほど》ける。しかし、ショーツはまだ落ちない。彼女の瞳がどんどん潤んでいく。部屋の空気の密度が増した気がした。

「見たい?」

夢中になって大きく頷く。下着の中ではち切れそうに充血したペニスが、内側からズボンを押し上げている。痛みを感じるほどだった。

ショーツの反対側の紐を、麻里子がゆっくりと引く。最後の小さな結びが解ける瞬間が、まるでスローモーションのように感じた。

ショーツが落ちた。麻里子の美しい裸体。余分な物などたったの一グラムだってありはしない。

どこまでも透明感を持った素肌。深い谷間を作る豊満な乳房。折れそうなくらい細い腰。まっすぐに細く伸びた長い脚。薄っすらと翳《かげ》る漆黒《しっこく》の陰毛の奥には、柔らかな性器が息づいている。

心臓が爆発しそうだった。あまりの美しさに、息をするのも忘れてしまう。いったい何度この美しい裸体に胸をときめかせたことだろう。いや、この先何万回見たとしても、僕の心が冷めることは永遠にないと思う。

「ああ、麻里子」

気がついたら、彼女をベッドに押し倒していた。セミロングの髪が乱れ、シーツの上に広がる。それを見下ろしながら、慌てて服を脱いだ。

　2LDKのマンションのベッドルーム。築十五年でまだそう古くはないが、目の前に高層マンションが建ってしまったので、陽当たりはあまり良くはない。その分、駅からそう離れていないというのに、家賃は驚くほど安かった。

　昼間に陽の当たらない部屋は、まるで冷蔵庫のように冷え切っていた。僕の肌にふつふつと鳥肌が立つ。

　身体を重ねると、麻里子がすぐに僕の肌を両手で擦《さす》ってくれた。その感触に、違う意味でさらに鳥肌が広がった。彼女の身体に手を伸ばす。

「まだ、だめ。あたしが気持ち良くしてあげるから」

　僕の身体の下から、麻里子がするりと逃げ出す。そして悪戯っぽい目で見つめながら、僕に覆《おお》い被さってきた。

　麻里子の細く長い指が、限界まで漲《みなぎ》ったペニスに絡みつく。強く握られた。指先で先端から滲《にじ》み出た分泌液を亀頭全体に塗り広げられる。

「あううっ！」

　ゆっくりと上下に扱《しご》かれた。たまらず女の子のように声を漏らしてしまう。熱く滾《たぎ》ったペニスに、麻里子のひんやりとした指が死ぬほど気持ち良い。必死で歯を食い縛る。

「純一、気持ちいい？」

「ああっ、凄いよ！」

「まだ、いっちゃだめよ」

下唇を舌でゆっくりと舐めて濡らすと、麻里子は手を動かす速度を急激に上げた。口の中に溜めた唾液を亀頭に垂らす。それを潤滑油にして、両手を使いながら激しく刺激された。

「あああっ、麻里子。凄いよ！」

麻里子の唇がペニスにゆっくりと近づいてくる。

「もっとよくしてあげる」

次の瞬間、深く含まれた。熱い濡れた粘膜にペニスが包まれる。一気に根元まですべて飲み込まれた。亀頭部分を喉の奥で締めつけられる。

そうしながらも麻里子は視線を上げ、僕を見つめる。ずっと僕の目を見ながら、ゆっくりと顔を振ってペニスを刺激した。僕の方があまりの快楽に耐え切れなくなって、思わず目を瞑《つむ》ってしまう。

下腹部に覆い被さった麻里子が、頭を大きく振っている。それに合わせて、大き過ぎる乳房が揺れ、太腿を擦った。

舌が亀頭を舐《ねぶ》る。細く尖らせた舌先で、尿道口を抉《えぐ》られた。身体中の神経を引っ張られるような耽美《たんび》な刺激に、肉体が小刻みな痙攣を始める。

「ああっ、麻里子。だめだ。いきそうだ」

僕はまだ射精したくなくて、彼女の頭を両手でそっと押した。しかし、彼女はペニスに強く吸い付いて離れてくれない。

彼女を見る。強い視線に搦《から》め捕《と》られた。獰猛《どうもう》な肉食獣の前でなすすべもない小動物の気持ちがわかった気がした。

「ああっ、いくっ！」

諦めと悦楽。女性の身体にほとんど触れぬまま、先に射精させられてしまう屈辱。僕は女神の前に命を差し出す殉教者の気持ちになる。愛するものに我が身を捧げる幸福を嚙み締める。

彼女の口内に射精した。あまりの快楽に全身が飛び跳ねる。両足が攣《つ》りそうになった。大量の精液を麻里子は時間を掛けて味わうようにして飲み干した。

「ごめん」

身体を起こした僕は彼女に詫びる。

「あら、謝らなくてもいいのよ。純一の精液を飲むの、あたし好きよ」

「でも、まだ麻里子のことを満足させてあげてないし」

「うん。もちろんあたしも気持ちよくさせてもらうわ」

「でも……」

僕のペニスは少しずつ勢いを失いつつある。

「大丈夫、あたしがすぐに元気にしてあげる」

再びペニスを口に含まれた。射精したばかりのペニスは、快楽よりもくすぐったさが強くて、麻里子の懸命な奉仕にもかかわらず、なかなかその硬度を取り戻さない。

麻里子が僕を見上げた。目が合うと、悪戯っぽく微笑んだ。次の瞬間、感じたことのない刺激に、全身に悪寒が走った。

麻里子が唾液で濡らした中指を、僕の排泄器官に押し当てたのだ。押したり戻したりを繰り返し、時には円を描くように回しながら、ゆっくりと圧力を掛けてくる。

「そ、そこは……」

麻里子の瞳が妖しく揺れる。指先が侵入を始めた。

「あああっ！　そんな……」

もう片方の手が伸びてきて、コリコリと乳首を摘まれた。乳首の刺激に気を取られているうちに、麻里子の中指は根元まですっぽりと僕の排泄器官に入ってしまった。

ペニスを口でしゃぶられながら、指で直腸を犯される。奥まで入った指先で、前立腺を刺激された。その間も舌が激しく亀頭を舐り続ける。高圧電流に感電したように、身体が勝手に痙攣した。

魔性の快楽。あまりの強い刺激に、僕は全身を硬直させたまま身動きすることさえできなくなってしまった。まるで透明の縄で、ベッドに両手両足を縛り付けられたみたいだった。

「ううううっ！」

目を開けているはずなのに、視界が霞《かす》み始める。息ができない。苦痛に感じるほどの快楽だった。

「はい、これでどうかな？」

麻里子がペニスを吐き出した。同時に排泄器官から指を引き抜かれる。

「あああっ、凄いよ！」

直腸を引き摺り出されるようなその刺激に、僕は悲鳴を上げた。彼女の唾液でベトベトになった僕のペニスは、今まで見たこともないくらい勃起していた。

「凄過ぎるよ。こんなのどこで覚えたの？」

あまりの驚きに、思わず尋ねていた。麻里子とは彼女が大学生の頃から付き合い始めて、もう五年になる。同棲を始めてからも三年になるが、今までこんなセックスをしたことは一度もなかった。

「大丈夫よ、浮気なんてしてないから」

彼女が舌を出して笑う。

「いや、そんな意味じゃなくて。ただ、単純に驚いただけさ」

「女性週刊誌のセックス特集って、けっこう凄いんだから。一度、やってみたかったんだ」

彼女の言葉を聞いて納得しようと努力している自分がいることに、僕は気づかないふりをする。売れっ子のファッションモデルとちっとも芽の出ないアシスタントカメラマン。負い目と自尊心が葛藤《かっとう》する。

僕が麻里子と初めて出会った時、すでに彼女は学生ながらファッションモデルとして人気が出始めていた。瓜二つの双子の妹と一緒に美人姉妹モデルとして、数々の雑誌の誌面を飾っていた。

出会いは単純なものだ。彼女が専属モデルをしていたファッション雑誌の撮影を、僕の所属している撮影事務所が仕事として請け負っていたのだ。もっとも撮影は僕の師匠であるカメラマンが行い、僕はそのアシスタントをしていたに過ぎなかったが。

そんな仕事が何回か続き、ある日偶然に街でばったりと彼女と出会い、食事に行った。やがて二人は付き合うようになった。どこにでもある簡単な話だ。

ただしこの部屋に僕が買ったものはほとんどない。あるのは師匠から安く譲ってもらった中古のカメラや機材ばかり。なぜなら、僕達の収入の差は五倍以上あったからだ。もちろん少ないのは僕の方だ。この部屋の家賃だって、ほとんど彼女が払っていた。

書店に行けば、麻里子の笑顔が表紙に載った雑誌がいくつもあった。彼女は順調に評価を上げ、仕事を増やしていった。

それに比べ僕の方は、相変わらずアシスタントばかりで、いつになったら自分の写真が撮れるのか、その目処《めど》さえ立っていなかった。

初めて出会った頃、麻里子は恋人と同棲していた。二十歳も歳上の音楽プロデューサーで、若いながらも業界の評価は高く、すでに独立して自分の会社を起こしていたそうだ。

何が原因で別れたのかは知らなかったが、彼女の魅力にすっかり参っていた僕は、その失恋に乗じて、まんまとその後釜に座ってしまった。

その男とはどんなセックスをしていたのだろうか？　こんな淫《みだ》らな性技もその男にしてあげていたのだろうか？　もしかしたら、実はその男から教え込まれていたことなんじゃないだろうか？

不謹慎な思いが湧き上がるのを、必死で頭から振り払う。考えれば、惨めになるだけだった。

枕元にあったコンドームを手にした。しかし、すぐに思い直して放り投げる。それを麻里子が見咎《みとが》めた。

「だめよ。ちゃんと着けて」

「だって俺達、もう付き合って五年になるんだよ。将来のことだって、そろそろ考えてもいいんじゃないいか」

「将来のことを考えているから、ちゃんと避妊するんじゃない」

麻里子のその言葉に少し傷つきながらも、僕は素直にもう一度コンドームに手を伸ばした。直腸の奥に点火された火種は、依然としてまだ燻《くすぶ》り続けている。とりあえずは、目先の欲望が優先だった。

コンドームの封を切ると、それを麻里子の唾液でベトベトになったペニスに装着する。仰《あお》向《む》けのままの僕に、麻里子が跨《また》がってきた。

騎乗位で、彼女が自ら挿入する。下から見上げていると、真っ赤に充血した性器に僕のペニスが少しずつ飲み込まれていく様子がはっきりと見えた。

「ああっ。純一のが、奥まで入ってくる」

麻里子は自分が上になる体位を好んだ。美しい肉体が快楽に震え始める。根元まですべてを飲み込むと、ゆっくりと腰を振り出す。真っ白だった身体が、桜色に染まっていく。二人の性器が淫靡《いんび》な旋律を奏で始めた。

手を伸ばして、たっぷりと量感のある乳房を揉み上げる。手の中で様々な形に姿を変える美しい肉塊《にくかい》は、触れているだけで僕の快楽を何倍にも増幅してくれた。

麻里子は腰を激しく振りながらも、身体を前に倒し、キスを求めてきた。僕も首を伸ばし、彼女の唇を吸う。下唇を噛まれた。その痛みにペニスが反応する。

「今、動いたよ」

悪戯っぽい笑顔で、麻里子が笑う。その顔は妖艶に歪《ゆが》んでいた。

「麻里子、気持ちいいよ」

「ああっ、純一。あたしも気持ちいいよ」

モデルという仕事柄か、元々そういう性格なのか、休日に自宅にいる時でさえ、麻里子はしっかりとしたメイクをしていることが多い。ファッション雑誌の表紙を飾るときのような美しい顔が、目の前で快楽に歪む。

眉間《みけん》に寄せた皺《しわ》。噛み締めた唇。赤く染まった首筋。乱れた髪。それさえもが美しいと感じてしまう矛盾。僕だけが知っている麻里子の顔。

麻里子の腰の動きが限界まで速くなる。汗で額に張り付いた髪を右手で掻き上げながら、快楽の叫びを上げる。

「ああっ、純一！　凄いよ！　いきそう」

僕も我慢できなくなって、下から腰を突き上げる。あまりの快楽に、男のくせに叫びそうになってしまう。

「ああっ、麻里子。だめだ！」

「純一！　あたし、いくっ！」

「あああっ」

彼女が僕の身体の上でその肉体を硬直させる。それを両手でしっかりと受け止めながら、僕も射精した。

2

銀座の小さなギャラリー。

ギャラリーとは名ばかりで、最近銀座にも増えてきた低額で部屋を時間貸ししてくれるイベントスペースというやつだ。みゆき通りからいくらも離れていないというのに、古い小さなビルの地下一階にある十畳間ほどのこの貸しスペースは、銀座では驚くほど良心的な価格で場所を貸してくれる。

金曜日から日曜日までの三日間、ここで僕は写真の個展を開いていた。仕事で関わりを持った人達や友人に片っ端からハガキやメールを送った。しかし、初日の今日は週末だというのに、閉館の十九時近くになってもほとんど客は訪れなかった。

そんな時、一人の美しい女性が息を弾ませながら駆け込んできた。

「まだ、間に合いますか？」

その顔を見て驚く。

「莉乃《りの》ちゃん？　よく来てくれたね！」

恋人の麻里子に瓜二つの絶世の美女、双子の妹の莉乃が大きな花束を抱えてにこにこと微笑んでいた。

その顔立ちだけを見れば、まるで写真に撮ったように姉とそっくりだった。声も体型も驚くほど姉とよく似ている。

以前、高校生時代の姉妹の写真を見せてもらったことがあったが、同じ制服を着て並んだ二人が、まるでプリクラの連写のように写っていた。ここまでよく似た双子も珍しかった。

それでも今では、誰でも姉妹の見分けがつくようになった。姉の麻里子はその明朗活発な性格を表したように派手な服装やメイクを好み、髪も明るいブラウンにして緩やかなウェーブを掛けていた。

一方の妹の莉乃は大人しく控えめな性格で、モデルの仕事以外ではいつもほとんどノーメイクに近く、服装も質素なものばかりを好んで着ていた。髪も姉と同じ肩まで掛かるセミロングながら、艶《つや》やかな黒髪をストレートに揺らしていた。

性格の差とは凄いもので、同じ顔、同じ体型ながら、着る服やメイクでこうまで違うかと思うくらい、姉妹ははっきりと区別できた。それがいざ仕事でモデルとしてプロのメイクを受け、流行のファッションに身を包むと、両親や親友でさえもまったく見分けがつかなくなるほどそっくりになった。プロのモデルの凄みを感じるほどだった。

「ここ、よくわかったね」

「お姉ちゃんから聞いたんです。純一さんの初めての個展だって聞いたから、どうしても観に来たくって」

少しはにかんだ様子でそう言いながら、花束を渡してくれた。大振りな薔薇をいくつも交えたその大きな花束を受け取る。彼女の手が触れた。美しい手だと思った。

「わざわざ気を使ってくれて悪いね」

「そんなんじゃないんです。純一さんの写真が、ただ凄く好きだから」

そう言って頰を染めながら俯《うつむ》いた姿の美しさに、しばし目を奪われる。姉とまったく同じ顔をしているというのに、その美しさは別物な気がした。

「ありがとう。嬉しいよ」

僕の言葉に、莉乃は嬉しそうに笑った。

「もう、閉館の時間ですか？」

莉乃が心配そうに尋ねた。

「いや、大丈夫だよ。ただガラガラなだけだから」

莉乃の顔が曇る。

「純一さんの写真、とっても素敵なのに」

その純真な瞳を見ていると、僕の方がかえって申し訳なくなってくる。

「そう言ってくれるのは、莉乃ちゃんだけだよ。師匠にはいつも怒られてばかりだし、後輩にも抜かれて先に独り立ちされちゃったしね」

「私、カメラのことは素人だけど、純一さんの撮る写真は凄く好きです。見ていて、とっても優しい気持ちになれるんです」

「光栄だな。麻里子だってそんなことは言ってくれたことがないよ」

「お姉ちゃんは、純一さんの才能がわかってないんです」

姉と同じ黒目の大きな目で真っ直ぐに見つめられながらそんなことを言われて、僕の方が恥ずかしくなってしまう。それを誤魔化すように、慌てて話題を変えた。

「そんなことより、婚約おめでとう」

「えっ？　ああ、ありがとうございます」

莉乃は僕に向かって小さく頭を下げて礼を言ったが、なぜか急にその顔から微笑みが消えた。二人で壁に掛けられた写真のパネルを見ながら、ゆっくりと並んで歩く。

「モデル事務所の社長からプロポーズされたんだって？　事務所もどんどん大きくなってる時だからまさに玉の輿《こし》だって、麻里子が羨《うらや》ましがっていたよ」

莉乃の表情は硬いままだ。

「私達、別に付き合っていたわけじゃなかったんです。いきなりのプロポーズに最初は凄く驚きました」

「でも、いい人なんだろう？」

「わかりません。社長をそんな目で見たことなかったから。でも、経営者として立派な人だとは思います」

「それだけでも僕には凄い人だと思えるよ」

僕は莉乃に見えないように、小さな溜息をついた。

「父の経営する会社も業績がかなり厳しくて。結婚したら社長は父の会社に金銭的な支援をしてくれるそうです。だから父はとっても喜んでいます」

なんだか聞いてはいけないことを聞いてしまったようで、僕は話を続けられなくなった。

気まずい空気が流れる。

　莉乃が最後のパネルの前で足を止めた。モノクロームの一際大きなその写真は、麻里子をモデルに撮ったものだ。朝日を受けた海岸で、半透明の白いドレス姿の麻里子が幻想的な笑顔を見せていた。

「お姉ちゃんが羨ましいです」

　そう言うと、莉乃は踵《きびす》を返し、部屋を出ていった。

3

　恋人の麻里子が撮影中に事故に遭い、意識不明で入院したとの連絡を受け、僕は出張先のグアムから一番早い飛行機で駆けつけた。グラビアアイドルの写真集の撮影で、六日間の日程だったが、事情を話して僕だけ一日早く帰国させてもらった。

　タクシーで病院に乗りつけると、ナースステーションで病室を聞き、部屋に駆け込む。個室のベッドに、点滴のチューブに繋がれた麻里子が横たわっていた。

　何か違和感を覚える。離れていたのはたったの五日間だけだというのに、彼女の顔を見るのはずいぶん久しぶりのような気がした。

双子の妹の莉乃が出迎えてくれる。

「純一さん」

「莉乃ちゃん、麻里子の容態は？」

麻里子にそっくりな顔が、今にも泣き出しそうにして僕を見つめる。

「うん。命に別状はないって。怪我《けが》もたいしたことなくて右手首の捻挫《ねんざ》くらいなんだけど……」

「そうか、よかった」

最悪の状況を覚悟していただけに、僕はほっとして胸を撫で下ろした。命さえ助かってくれれば、他に何も望むことはない。

「ビルの非常階段で撮影していた時に足を踏み外して落ちちゃったの。頭を強く打ったらしくて三日間も意識が戻らなかったんだけど、やっと今朝になって目を覚まして……」

それだけ言うと、莉乃は俯いてしまった。

僕は麻里子に歩み寄り、その手を取った。麻里子が僕を見つめ返す。その瞳の光はとっても弱々しい。魂を持たぬ人形のようだった。

「麻里子。怪我がたいしたことなくてよかったね」

麻里子は何も答えない。その目はまるでどこか遠くを見ているようだった。その様子に言いようのない不安が湧き上がる。

「どなた、ですか？」

「えっ？」

僕の隣で、莉乃が泣き出す。

「記憶が……、記憶が戻らないの」

「なんだって？」

「お姉ちゃん、記憶喪失になっちゃったの」

麻里子が記憶喪失だなんて。

僕の愛する麻里子。彼女は僕のことも忘れてしまったのだろうか？　いや、そんな馬鹿なことがあるはずがない。僕と彼女はあんなにも愛し合っていたのだから。

4

「麻里子、夕食の前にお風呂に入ろうね」

「はい、純一さん」

麻里子が笑顔で僕に手を差し伸べる。一ヶ月の入院生活からなんとか退院することはできたが、彼女の記憶はとうとう戻らないままだった。

捻挫した右手首の包帯もすでに取れていた。だけどしばらくは僕が介助をしながら、風呂に入れてあげていた。

僕が先に裸になる。麻里子のパジャマや下着を一枚一枚脱がしてあげる。恥ずかしげに頬を染めて俯く麻里子。それでもまるでお人形さんのように、僕にされるがままになっている。美しい麻里子。顔も身体も少しも変わっていない。抱き締めたら折れてしまいそうなくらい細い身体。アンバランスなほど豊かな乳房。薄く艶やかな下腹の翳り。どこまでも柔らかに裂けた薔薇色の性器。

何もかもが以前のままだった。ただ一つ変わったことと言えば、彼女の記憶が失われてしまったことだ。

生活する上で必要なことは覚えていた。テレビの使い方も、番組の録画のやり方も覚えている。電話も掛けられるし、電子レンジも使える。好きな雑誌の名前だって迷わず言えた。だけど僕のことも、二人が暮らしていたマンションでの生活のこともすっかり忘れてしまっていた。彼女は自分の服や下着はおろか、仕事の必需品とも言えるメイク道具のしまってある場所さえ思い出せなかった。

実はもう一つだけ変わったことがあった。それは、麻里子が性的にとても幼くなってしまったことだ。

あれほど大胆奔放なセックスを好んでいた彼女が、裸を見られるだけでひどく恥ずかしがるようになってしまった。まるで処女のようだった。しかし、そんなことまでは医者にも相談できず、そのことは僕の胸の内だけに止めてある。

全裸にした麻里子を抱きかかえ、お湯を張ったお風呂にゆっくりと沈める。タオルを使って、お湯の中の彼女の柔らかな身体をマッサージしてあげる。

以前から麻里子が大好きだったことだ。退院して最初の夜、これをしてあげると彼女はひどく恥ずかしがった。それでも耐えるかのように僕には従順だった。しかし、今でもその恥ずかしさは消えていないようだった。

背後から抱きかかえ、豊かな乳房を持ち上げるようにして愛撫する。彼女の身体が震えた。真っ白な項が桜色に染まっていく。僕は堪らなくなって目の前にある小さな耳朶を口に含んだ。

「ああっ、純一さん」

麻里子の声に色が籠る。僕の肉体も反応する。

「麻里子、愛してるよ」

麻里子の両方の乳首を指で摘み上げる。耳朶を舌先で転がしながら、乳首を捻り潰した。

「はうっ」

麻里子が仰け反る。僕に身体を預けながらも、爪先が耐え難い快楽で反っていた。僕はさらに指に力を込める。麻里子のすすり泣くような声が、一オクターブ高くなる。

その声に反応するように、ペニスがパンパンに膨れ上がった。全身の血液が流れ込んだみたいにはち切れそうに漲り、麻里子の柔らかな尻の肉を押し返していく。

手を下ろして、指で麻里子の性器を弄ぶ。包皮を剝き上げ、クリトリスを愛撫する。お湯の中だというのに、性器は滑《ぬめ》っていた。

麻里子の喘《あえ》ぎ声がバスルームに飽和する。風呂の湯が波打つ。

僕はたまらなくなって麻里子の手を取ると、一緒に浴槽から出る。麻里子を跪かせる。

「口でしてくれ」

麻里子が上目使いで小さく頷くと、僕のペニスを摑んで唇を寄せた。麻里子が口を開く。真っ赤な舌が伸び、ペニスの先端に触れた。その瞬間、電流が走ったように全身が痺《しび》れる。

記憶を失《な》くす前の麻里子は、跪いてのフェラチオは、絶対にしてくれなかった。人気ファッションモデルとしてのプライドが許さなかったのかもしれないし、そもそも彼女の性格がそうさせたのかもしれない。

フェラチオしていてもそれは奉仕ではなく、あくまで責めというポジションを崩さなかった。セックスでも騎乗位など女性上位な体位を好み、後背位などは極端に嫌がった。

しかし、病院から戻ってきてからの麻里子は、すべてが僕の言うがままだった。過去の記憶を失ったのをいいことに、僕は彼女を僕の好みの女に作り変えていった。

彼女はなんでも言うことを聞いてくれる。まるで僕の人形のようだった。美しい人形。僕は新しい麻里子との関係に満足していた。

「ああ、気持ちいいよ」

麻里子がペニスを深く口に含む。僕は麻里子の頭に両手を添えると、そのまま強く引いた。亀頭が喉を通過し、すべてが飲み込まれた。

そのままペニスが融けてなくなってしまうかと思うほどの快楽に襲われる。堪らなくなって彼女の頭を抱えると、僕は暴力的に腰を前後に動かした。

「おおおっ、凄いよ」

麻里子の顔が苦痛に歪む。涙目になっていた。それでも彼女はペニスを飲み込んだまま、決して吐き出そうとはしない。必死になってペニスに舌を絡め、僕に快楽を与えようと首を振っていた。

いきそうになって、慌ててペニスを抜く。唾液と胃液にベトベトになったペニスが、ずるずると喉の奥から引き出されてきた。

麻里子を立たせ、バスルームの壁に両手をつかせる。シャワージェルを両手にたっぷりと取ると、背後から彼女の全身に塗りたくっていく。

首筋、背中、脇の下、腰、尻、太腿。背後から両手を前に回し、乳房も揉みしだくように洗っていく。小さな乳首が勃起していた。それを弾くようにしてやると、麻里子はまるでマリオネットのように身体を痙攣させた。

シャワージェルを彼女の排泄器官に塗り込んでいく。最初は硬く窄《すぼ》まっていた口が、やがて解《ほぐ》れて僕の指を受け入れるようになる。

「ああっ、純一さん。そこは恥ずかしいです」

「麻里子は覚えていないかもしれないけど、以前の君はここでするのが大好きだったんだよ」

もちろん嘘だった。被虐的な性行為を嫌悪さえしていた麻里子が、アナルセックスのような屈辱的なことを許してくれるはずがなかった。しかし、今の麻里子にはその頃の記憶はない。

「怖いです」

「大丈夫だよ。さあ、力を抜いてごらん」

アナルに入れた指を二本に増やす。健気《けなげ》にも麻里子は羞恥に頬を染めながら、必死になって排泄器官の力を緩めようとしてくれていた。

彼女の肌に鳥肌が沸き立つ。僕は欲望に漲ったペニスにシャワージェルを塗りたくると、背後から彼女の尻の谷間に押し当てた。

「ああっ、そこは――」

彼女の言葉をくちづけによって遮る。そのまま力を込めて腰を突き上げた。きつい圧迫感の後、するりとペニスが排泄器官に飲み込まれていった。

「あううっ」

麻里子の柔らかな尻に、腰を叩きつける。ペニスで彼女の直腸を抉り続ける快楽に、意識が遠退きそうなくらい興奮した。

「ああっ、気持ちいいよ」

「ああっ、純一さん。凄いです」

肉と肉がぶつかる音。バスルームに淫らな旋律が響く。麻里子の声が淫欲に染まる。僕は右手でヴァギナを、左手でクリトリスを愛撫しながら、直腸を犯す速度をさらに上げていった。

「おおおっ。愛してるよ」

きつく閉じた麻里子の瞼《まぶた》から、涙の雫《しずく》が一粒零れる。

「あううううっ！　純一さん、私も愛しています！」

「いきそうだ」

「このまま、出してください」

「おおっ、いく！」

背後からきつく麻里子の身体を抱き締める。彼女の髪に顔を埋め、その甘い匂いに咽《むせ》ながら、僕は排泄器官に射精した。

「ああっ、熱いです。お腹が熱いです」

うわ言のようにそう繰り返しながら、麻里子も身体を痙攣させ始めた。初めてのアナルセックスで絶頂を迎えて意識を失い掛けた麻里子を抱き留めながら、僕は最高の幸せと快楽に打ち震えていた。

5

風呂から上がると、満足に身体も拭《ふ》かぬまま、僕は麻里子をベッドに放り出した。全裸の美しい身体が、白いシーツの上で身悶える。僕はクローゼットから麻縄を取り出すと、何度も扱《しご》きながら、ゆっくりと彼女に歩み寄った。

彼女の身体に縄を掛けていく。手首を縛り、腕から胸へと幾重にも縄で絞り上げる。一本目の縄で上半身を後ろ手に緊縛した。豊満な乳房が縄によって無残に形を変える。

ベッドの上で転がすと、麻里子はきつく目を閉じたまま苦しげに肩で呼吸を繰り返した。そのまま二本目の縄でM字に脚を固定していく。

「ああっ、恥ずかしいです。純一さん、なんでこんな酷いことを」

「麻里子、忘れてしまったのかい？　君は縄で縛られてするセックスが大好きだったんだよ」

「えっ、本当に？」

「そうさ。記憶を失ってしまったからしょうがないけど。でもそのうちに、麻里子の身体が縄の快楽を思い出すかもしれない」

僕はサイドボードの引き出しから、大型のペニス型電動バイブレーターを取り出した。M字に大きく開かれた麻里子の肉体の中心深くに、その巨大な性具を押し込んでいく。

「ああっ、いやっ！　怖い！」

「大丈夫だよ。麻里子はこれを入れられて何度も続けていかされるのも大好きだったんだから」

バイブレーターのスイッチを入れた。

「あううっ！」

すべて嘘だった。縄で縛るのも、電動バイブレーターで犯すのも、今夜が初めてのことだった。あの気高い麻里子が、こんな屈辱的なことを許すはずがなかった。

僕の手の中で、美しい麻里子が何度も絶頂を迎える。五回、六回、七回。白目を剝いて涙を流し、縄を軋《きし》ませながら痙攣を繰り返す。数時間にも及ぶ強制的な快楽で、麻里子の意識が朦朧としてきた頃、僕はバイブレーターを放り出して自分のペニスを彼女の性器に沈めた。

縄で緊縛したまま、コンドームを付けずに麻里子を犯す。僕が上になって、麻里子をベッドに押さえ付けながらのセックス。上から彼女が乱れていく様子を眺める。

体液でぐちゃぐちゃになった性器が、僕のペニスを飲み込み、蕩けさせていく。僕は夢中になって腰を振り続けた。

淫欲に濁《にご》った瞳で、麻里子が僕を見上げる。僕は腰を振り続けながら、麻里子にくちづけした。唾液を口移しで飲ませる。麻里子が激しく僕の舌を吸ってくる。蕩けるようなくちづけ。息が苦しくなって、二人はやっと唇を離した。

「ああっ、愛してます！」

「僕も愛してるよ」

「うれしい！」

「ああ、いきそうだ」

「ああっ、もうだめ。私もいきそう」

「いくよ！」

「中で、中で出して！」

「いくっ！」

「ああああっ、いくっ！」

麻里子の中に射精した。麻里子が縛られた身体を激しく揺らしながら、痙攣を繰り返す。

僕は何度も何度も射精を続けた。

「ああっ、純一さん。愛してます」

＊

日曜日の教会。朝から気持ちの良い晴天だった。

アメリカ人の神父の整然とした声が、チャペル全体に響き渡る。今日は麻里子の妹の莉乃の結婚式だった。

「莉乃ちゃんのウェディングドレス姿、綺麗だね」

「うん。本当に綺麗。私達も早く式だけでも挙げたいね」

少しお腹の膨らみが目立ち始めた麻里子が、幸せそうに微笑みながら言った。妊娠がわかって、彼女はモデルの仕事を辞めた。もちろんまだ記憶は戻っていないので、元々復帰は難しかったのかもしれない。

「カメラマンとして仕事もだいぶ入り始めたから、もうちょっと待ってくれないか。ちゃんと君と子供を食わせていかなくちゃいけないからね」

僕も笑顔を返す。最近、僕のカメラマンとしての評価はだいぶ上がってきている。小さいながらも、撮影の仕事をいくつか任されるようにもなってきた。プロのカメラマンとして、やっていけそうな自信がついてきた。

新郎と新婦が指輪の交換をしている。親子ほども歳の離れたカップルだったが、莉乃は心から幸せそうに微笑んでいた。

僕は他の来賓《らいひん》に聞こえないように、麻里子の耳元でそっと囁《ささや》いた。

「莉乃ちゃん、政略結婚みたいな感じで、気乗りしてなかったみたいだけど、今日の笑顔を見て、幸せそうなんで安心したよ」

麻里子が僕を見つめる。

「彼女は恋愛より、生活の安定を選択したのよ」

「そうなんだ。なんだか意外だな」

「私は愛する人とだったら、たとえ貧しくても幸せだけどね」

僕は麻里子に微笑み掛ける。麻里子も心から幸せそうな笑顔を返してくれた。

賛美歌が止み、パイプオルガンが演奏を終える。神父が参列した来賓に向かって、片言《かたこと》の日本語で語り掛けた。

「それでは新郎と新婦に、誓いのキスをしていただきましょう」

新郎が莉乃の美しい顔に掛かっているヴェールを上げる。莉乃の瞳が幸福に光り輝く。

その時だった。

莉乃が左手の人差し指と親指で、自分の耳朶をそっと摘んだ。まるで柔らかなグミの感触を楽しむかのように、ピアスもイヤリングもない美しい白い耳朶をパールピンクに塗られた爪が弄ぶ。

「えっ！」

僕は思わず叫んでいた。麻里子が穏やかな微笑みを浮かべたまま、僕の手をしっかりと握り締めてくる。

一瞬で頭が真っ白になった。言いようもない得体の知れないものが、身体の奥の方から湧き上がり、全身に広がっていく感覚。眩暈がした。足が震える。

それでも僕は深いため息を一つゆっくりと吐き出すと、気持ちを落ち着かせた。新郎と新婦がくちづけを交わす。

きっと、これでいいのだ。これでみんなが幸せになれる。

僕は隣にいる麻里子の手を、しっかりと握り返した。

レイチェル

1

「玲子の肌って、綿菓子みたいに甘いな」

中年男のざらついた舌が、私の乳房の上をゆっくりと這っていく。生暖かく粘ついた舌は、まるで私の肌を舐め取るかのように、荒々しく動いた。それはいつも酷く猥雑で、私はすぐに息苦しくなってしまう。

震える身体。性器が濡れ始める。

自分の肉体が男の玩具《おもちゃ》にされるのが泣きたいくらい切ないくせに、どこかではそれを求める自分がいることを自覚させられる。

透明の唾液が私の身体の上で一本の線を描き、部屋の照明を受けてキラキラと輝く。綺麗だと思った。

靄《もや》の掛かり始めた意識の中で、私は自分の肉体が弄ばれていく様子を他人《ひと》ごとのように見つめる。男が私の乳首を口に含んだ。それだけで全身に鳥肌が広がる。

二十七歳だというのにまるで少女のような身体だと言われる。細くて長い腕と脚。小さな胸。薄い尻。本当はもっと大人の女らしい肉感的な身体になりたいと思う。

そんな華奢な身体が、恋人の三河《みかわ》の舌によって翻弄《ほんろう》され、快楽にどうしようもなく打ち震えてしまうのだ。私の身体を知り尽くした中年男の性欲に、肉体が融け出していく。

親子ほども歳が離れている三河のセックスは、指と舌による延々とした前戯から始まる。

それから強烈な痛みを伴うような乳首への執拗《しつよう》な責めへと続く。

いまだに戸惑いの多い性行為ではあるが、三河以外の男を知らない私には、他の男のやり方と比べる術《すべ》がない。

次に訪れるだろう痛みに備えるように、きつく瞼《まぶた》を閉じる。三河のいつもの手順を思い描き、無意識に身体が身構えてしまう。

次の瞬間、敏感になって尖った乳首を、三河が前歯で思いっきり噛んだ。

「あうううっ！」

脳みそを突き抜けるような鋭い痛みに、思わず身体が弓なりに仰《の》け反《ぞ》ってしまう。三河は容赦なく乳首に歯を立て続ける。千切れるかと思った。歯を食い縛り、必死になって両手でシーツを摑んで耐える。

「ああっ、痛い！」

私の訴えを嘲笑《あざわら》うように、三河の指が下腹部に伸びてきた。慣れた手つきでクリトリスの包皮を剝き、身体中で一番神経が集まっている快楽の芽を空気に触れさせる。それだけで私の性器からは大量の潤《うる》みが溢れ出してしまった。

　三河の中指が、クリトリスを嬲《なぶ》り始める。早く。遅く。早く。遅く。円を描くように。

　私の身体のことを知り尽くした三河の指。私は操《あやつ》り人形のように、その指によってビクビクと身体を痙攣《けいれん》させた。

　もう、乳首の痛みも感じなくなっている。痛みと理性を麻痺《まひ》させる脳内麻薬が、大量に溢れ出していた。

　目は開いているのに、すでに何も見えていない。蕩《とろ》けていく意識の中で、三河の名を叫び続けながら、何度も絶頂を味わう。

　私は都内の外資系商社のＯＬで、上司の部長である三河と不倫関係にあった。

　報われない恋。

　付き合い始めたのは、会社に入社してすぐの頃だったので、もう四年以上になる。初めての男だった。

　地方の国立大学を卒業し、田舎から東京に出て就職した。初めての一人暮らし。

　子供の頃から何事にも控えめで大人しい性格だった私にとって、家族や友人達と離れてたった一人で東京で生きていくのは、それだけで大変なことだった。仕事も生活もすべてが不安だった。

友達もいない。私は一人ぼっちだった。そんな時に親身になって相談に乗ってくれたのが、会社の上司の三河だった。

私に社会というものを教えてくれたのは、この男だった。食事に連れて行ってくれるのも、それまで私が想像すらしたこともないような高級で素敵な店ばかりだった。宝塚や劇団四季などの有名なミュージカルにも、生まれて初めて連れて行ってもらった。

高級ブランドのワンピースを、次々とプレゼントしてくれた。それを着て行くと、とても綺麗だと何度も褒めてくれた。

美味《おい》しい食事。聞いたこともないようなカクテル。美しい大都会の夜景。気がつくと、シティホテルのベッドの上で、三河に抱かれていた。ロストバージンは想像とはかなり違ってはいたが、別に後悔はなかった。

三河は、妻とはうまくいっていないと言っていた。いずれは離婚するつもりだと。それを信じて、いや、信じたいと思いつつ、関係はずるずると四年を越えていた。

今夜は雨が降っている。渋谷道玄坂の安っぽいラブホテル。入口にあったピンク色のネオンが悲しかった。

天井に張られた鏡の中で、中年男の身体が私に覆い被さる。薄くなった髪。染みの浮き出た背中。腹についた脂肪。魔法はとっくに解けているのに、私だけがそれに気づかないふりを続けていた。

三河の指が私の肉体を翻弄する。私は必死になって快楽に没頭した。

「あああっ！」

もう片方の乳首も嚙まれた。三河の太く節くれ立った指が、私の性器を犯している。それがすぐに二本に増えた。子宮に届くくらい奥深くを、旋律を奏でるように抉《えぐ》ってくる。

「だめっ。いきそう」

顔を左右に激しく振りながら訴えると、あっさりと三河の責めは止んだ。絶頂の直前でわざと止める。これも三河が好んでする前戯の一つだ。私は不完全燃焼の欲望を持て余し、どんな命令にだって従う気分になってしまう。

「しゃぶってくれ」

三河がベッドの上で仰向けに寝転がる。私は弛緩《しかん》した身体で、のろのろと三河の下半身に覆い被さった。

父親と同世代の男のペニスを口に含む。柔らかな生殖器に舌を絡めると、それはすぐに欲望を漲《みなぎ》らせて硬くなっていった。それが嬉しかった。なんだか褒めてもらっているような気がした。

「もっと深く」

快楽によって擦《かす》れた三河の声。髪を掴まれ、喉の奥まで勃起したペニスを突っ込まれた。目を閉じ、すべてを飲み込んだ。硬くなった亀頭が喉を通過していく。吐き気に涙が出る。それでもさらに深く飲み込んだ。

息ができない。唇が三河の陰毛の奥の肌に触れる。頭を上下に揺すられ続けた。意識が薄れていく。

「おおおっ」

三河に頭を掴まれた。ペニスが引き抜かれる。赤黒い肉の塊《かたまり》が、ズルズルと喉から引き摺り出されていく。唾液や胃液でヌルヌルになっている。やっと息ができた。

「四つんばいになってくれ」

ベッドの上で犬のように這わされる。枕に顔を埋め、尻を高く突き出した。腰を掴まれ、後ろから貫かれた。

「あうううっ！」

性器を深く抉られる。三河が激しく腰を打ちつけてきた。一突きごとに気が狂うような快楽に襲われる。

学生時代にフットボールをやっていたという三河は、三十年近くの年月が経《た》っているとはいえ、とても五十歳には思えない体力を維持していた。私は怒濤《どとう》のようなリズムで、延々と犯され続けた。

「いやっ、だめっ、凄い！　死んじゃう！」

自分の声なのに、まるで他人のもののように聞こえる。両手が伸びてきて、引き千切れるくらい強く乳首を摘まれた。三河の腰の動きがさらに加速する。

あまりの気持ち良さに、頭がおかしくなりそうだった。苦痛と快楽の垣根がわからなくなる。涙と涎《よだれ》で、顔がぐしゃぐしゃになった。

（この男のことを、私は愛していない）

絶頂の直前、なぜかいつもそんな思いが脳裏を過《よ》ぎった。私はそれを掻《か》き消すように、快楽に身を溺《おぼ》れさせる。

「ああっ、いきそうです」

「俺もいくぞ」

「ああっ、いくっ！」

「うおおおっ！」

身体が痙攣を始めた。三河が私の中に射精する。熱い精液が、私の中に溢れていく。

「ああっ、熱い！」

私は激しく仰け反り、次の瞬間に意識を失ってベッドに倒れ込んだ。

目を覚ました。絶頂を迎えながら、気を失うようになったのは、最近のことだ。自分の肉体が三河によって開発されていくことに戸惑いを覚えながらも、その流れに逆らう気にはならなかった。

セックス直後の余韻を味わうように、三河はベッドの上で煙草を吸っていた。どうやら気を失っていたのは、ほんの数分程度のようだ。

「来月から、札幌支店に転勤してもらうよ」

「えっ？　私、ですか？」

あまりに突然のことに、気が動転してうまく応えられない。

「札幌はいいぞ。食べ物は美味《うま》いし、街も自然も美しい。スキーはできるのかい？　北海道の雪はこっちとは全然違うらしい。これを機に覚えるといい」

「札幌なんて、知らない街です。観光でさえ行ったことないです」

「なあに、札幌なんて飛行機に乗ってしまえば、あっという間さ。俺もちょくちょく出張を作って、君に会いにいくよ。週末に合わせて行くようにするから、お薦めの観光地でも見つけておいてくれ」

役員への昇進が噂されている部長。おそらくそれが現実的になってきているのだろう。部長の妻は、専務の姪だった。私は厄介払いされようとしている。妻と別れると言っていたのは、結局は嘘だったのだ。

ずるい男。でも、こうなることはわかっていた気がする。魔法が解けたシンデレラを迎えに来るような王子様など、現実にはいやしないのだ。

「部長、私、会社を辞めます」

気がつくと、そう口にしていた。私はこの男を、結局は憎めなかった。

全裸の私と三河が、天井に張られた鏡に並んで映っている。私の陰毛には、三河の精液がこびり付いたままだ。

「そうか。そろそろ、そうするか」

そう言ったまま、三河はもう何も言わなかった。まるで興味を失ったかのように、ベッドサイドに置かれたリモコンを取り上げ、テレビを点《つ》けた。

画面にスポーツニュースが流れる。プロ野球の試合結果を、見慣れた顔の男性キャスターが笑顔で伝えていく。三河は煙草を美味そうに吸っていた。私はずっとその横顔を見ていた。

あっさりとしたエンディング。引き止めてさえもらえなかった。

心が壊れそうなほど苦しいのに、驚いたことに涙の一滴も零れない。人って、悲し過ぎると、泣けないものなのだ。

私はまた一人ぼっちになった。

2

たいした蓄えもなかったので、食べるために夜の仕事を始めた。女が手っ取り早く収入を得るには、それが一番たやすかった。

新宿歌舞伎町のキャバクラ。胸の谷間を強調したドレスで、ミニスカートから出た太腿を触らせながら、酔客の相手をする。露出した肌を男達の無遠慮な視線に晒《さら》すことにも、次第に慣れていった。

大きく開いたドレスの胸元から手を差し込まれ、乳房を触られた。ミニスカートの中に手を入れ、強引に下着を引き摺り下ろそうとする客もいた。

過剰なサービスは禁止だったが、客に冷たくし過ぎると、後でマネージャーから怒られた。厭《いや》らしい男達が吐き捨てるような欲望に、ほどほどに付き合っていく。

惨めだった。毎晩、つまらぬ男達を相手に浴びるほど酒を飲み、下らぬ冗談に合わせて死ぬほど笑った後、部屋に帰って吐きながら一人で泣いた。

単調な日々。何も変わらない。昨日と同じ今日。きっと明日も今日と同じだろう。

仕事を終え、歌舞伎町を抜けて新宿駅へと向かう。今夜も酷い客ばかりだった。疲労感が澱《おり》となって体の奥深くに溜まっていく。

人混《ひとご》みを避け、裏通りを歩いた。それでも人が止め処《ど》なくわいてくる。

突然、雨が降り始めた。バケツをひっくり返したような豪雨。慌てて目の前のビルの軒下に飛び込んだ。重そうな黒い鉄の扉。その周りには古びたフライヤーが無数に貼ってある。

『ライブハウス・ヴァンビーノ』と書かれた看板。

(こんなところにライブハウスなんてあったっけ？)

気がつくと、ドアに手を掛けていた。薄暗い店内に足を踏み入れると、エレキギターの切ない旋律が大音量で洪水のように押し寄せてきた。

スポットライトの当たるステージ。黒い革ジャン姿の男性ボーカルに、五十人くらいの女性ファンが熱い視線を送っている。

美しい男だと思った。

まるで研ぎ澄まされたナイフみたいに、ギリギリの危険な美しさ。それでいて眉間《みけん》に皺《しわ》を寄せてマイクに向かう顔は、まるで無垢な少年のようにも見えた。

　男が歌い出す。

〈レイチェル、どうして君はいつもそんなに綺麗なんだ。君の濡れた瞳に吸い込まれそうさ。俺は君がいないとだめなんだ〉

　男の太く柔らかな声が響き渡る。

　私は息を飲んだ。悲しいくらい切ないバラード。雷に打たれたように、全身が痺《しび》れた。歌声が胸から突き刺さり、体中に染み渡っていく。気がつくと、涙が零れていた。

　それ以来どんなことがあっても、毎週そのバンドのライブに通った。ボーカル、ギター、ベース、ドラムスの男性四人組で、バンド名はブルー・ローゼス。

　誰にも似ていないのに、どこか懐かしい。攻撃的なのに、なぜか優しさに包み込まれる。そんな不思議な音楽性を持ったバンドだった。

　私はいつも一番後ろで、そっとボーカルの彼を見つめた。山添亮二、ボーカルでリーダーでバンドのすべての楽曲の作詞作曲もしている。私より三歳年下の痩《や》せぎすの男。あんなに悲しそうにロックを唄うミュージシャンを、私はそれまで知らなかった。

　一年が過ぎた。

　仕事帰りの午前二時。歌舞伎町の裏通りで、泥酔し吐いている男を見掛けた。

関わりにならずに通り過ぎようと思ったが、その切なげな後ろ姿を見た瞬間、私はその場に足を止めてしまった。

濡れたように輝くしなやかな黒髪。苦しそうに唸《うな》る時の声の柔らかさ。切なげに丸めた背中。

見間違うわけがなかった。一年間、ずっと彼のライブには欠かさず通っている。ブルー・ローゼスのボーカルの亮二だった。

「どうしたんですか？」

恐る恐る声を掛ける。亮二がゆっくりと振り返った。吐瀉物《としゃぶつ》で口の周りが汚れている。私は慌ててバッグからハンカチを取り出すと、彼の側にしゃがみ込んだ。

「誰だよ、おめえ」

ハンカチで口元を拭こうとする私の手を邪険に振り払おうとして、亮二がよろける。私は無意識に彼の腕を両手で掴んで支えた。

「具合、悪いんですか？」

「具合？　ああ、心の具合がな」

「…………」

「そこで黙られちゃ、余計に落ち込んじゃうだろう」

「ごめんなさい」

謝ったのは私の方なのに、亮二がまるで先生に叱られた中学生が不貞腐《ふてくさ》れたときのように、視線を落とす。

「歩けますか？」

私の言葉に、亮二が立ち上がる。しかし、すぐに足が縺《もつ》れて転びそうになった。かなり酔っている。とっさに彼の背中に両手を回し、その身体を支えた。

亮二を抱き締めるような形になる。彼の体温を感じた。

「水……」

「えっ？」

「水が、飲みてぇ」

泥酔して半開きになった目が、私を捉える。

その時、偶然にもタクシーが路地に入ってきた。亮二がヘッドライトに目を細める。どうしてそんなことを思いついたのか、自分でもわからない。気がつくと、タクシーに向かって手を上げていた。そのまま自分のマンションに、彼を連れて帰った。

玄関ドアを開けると、縺《もつ》れ合うように、二人で廊下に倒れ込んだ。酒臭い息を間近に感じる。ドキドキした。

亮二のブーツを脱がせる。肩を貸しながら、なんとかリビングルームのソファに座らせた。

力なくソファに沈み込んでしまった亮二から引き剝がすように、吐瀉物で汚れた上着を脱がせる。その間も彼は赤子のようにされるがままになっていた。キッチンの冷蔵庫からミネラルウォーターのペットボトルを持ってきて、彼に差し出す。

「大丈夫ですか？」

彼が上目使いで私を睨《にら》みつける。

「大丈夫なんかじゃねえよ！」

私は竦《すく》み上がった。

「ごめんなさい」

「なんでだよ」

「えっ？」

「なんで俺に優しくするんだ？」

「なんでって……」

「俺なんかに優しくしたってしょうがねえだろう」

「…………」

「名前……」

「えっ？」

「名前、なんていうんだよ？」

「玲子。須貝玲子です」

「知らねえ名前だな。会ったの、初めてだよな？」

「あの、『レイチェル』って曲、凄く素敵ですね」

「ああ、なんだ。俺のファンかよ。じゃあ、遠慮することねえか」

いきなり手首を摑まれ、引き寄せられた。凄い力で抱き締められる。無意識に逃げようとしたが、強引に唇を奪われた。

「いやっ！」

両手で亮二の胸を押して抵抗する。全身の力を振り絞って、必死で亮二を突き飛ばした。

次の瞬間、私は亮二の頰を平手で思いっきり打っていた。無意識だった。

パシーンと部屋中に響くような大きな音がした。その音があまりに大きかったので、自分でもびっくりする。

「お前もかよ……」

「えっ？」

亮二が自分の頬を手で押さえながら、私を見つめる。

「お前も俺を拒絶するのかよ」

「拒絶って？」

「落ちたんだ」

「落ちた？」

「レコード会社のオーディションに落ちたんだよ。もう一歩で、メジャーとしてCDデビューできたかもしれなかったのに」

亮二がゆっくりと私に迫ってきた。彼の手が伸び、私の髪に触れる。私は動けない。

「このタイミングでそんなこと言うの、ずるいです」

亮二が私にくちづけする。気がつくと腕の力が抜けていた。

唇を割られ、舌が入り込んでくる。一瞬、意識が遠退いた。逃げなくちゃいけないと思う。でも、どこかでこうなるのをわかっていたような気もした。

キャミソールの上から、乳房を鷲摑みにされる。数分間にも及ぶ長いキスの後、やっと解放された。

「水、飲ませてくれ」

「えっ？」

一瞬、亮二の言葉の意図していることに迷ったが、すぐにその意味がわかり、私は戸惑う。亮二はずっと私を見つめていた。さっきから一度も視線を逸らさない。『レイチェル』を歌うときの目だ。たまらないくらい寂しげな目。

言われた通りにペットボトルの水を口に含むと、亮二の頭を抱え込み、口移しでそれを飲ませた。亮二が喉を鳴らして、水を飲む。少し零れて、顎から伝わって流れ落ちた。今度は私が彼の顎についた水滴を舐める。

亮二によって床の上に押し倒された。キャミソールを捲《まく》り上げられ、ブラジャーに手が掛かる。そのまま上にずらされ、剝き出しにされた乳首を強く吸われた。

「ああっ」

勝手に声が漏れる。亮二の手がスカートの中に入ってきた。とっさに両脚を閉じたが、彼の手が下着の上から性器に触れた方が早かった。

「触らせろよ」

耳元で囁かれる。低くて柔らかな声。『レイチェル』を歌うときの声だ。鋭いナイフのように刺々《とげとげ》しいくせに、どこまでも優しげに聞こえる。

私は身体の力を抜いた。下着を引き下ろされる。足を開くと、すぐに亮二の指が性器に侵入してきた。

「すげえ濡れてる」

「そんなこと、言わないでください」

二本の指で、膣の中を掻き回された。気持ち良くて死にそうになる。両腕を亮二の首に巻きつけ、必死になってしがみ付いた。そうしていないと、身体がバラバラに壊れてしまうような気がする。

亮二がデニムパンツのベルトを外した。

「待って。スカートが皺になっちゃう」

「そんなのいいだろ」

「自分で……、脱ぐから」

亮二の身体から擦り抜けるようにして立ち上がると、彼に背を向けたまま服を脱いだ。背後で亮二が服を脱いでいる気配がする。

「綺麗な身体じゃん」

全裸になった私を、亮二が背後から抱き締める。

「嘘。おっぱい小さいし、痩せていてつまらないでしょ」

「そんなことねえよ。凄く綺麗だ」

そう言うと、亮二は突然肩を強く噛んできた。まるでそれが当然の行為であるかのように、私の肩に歯を立てる。

　あまりの痛みに、思わず目を瞑った。痛みの中に快楽の波が立ち始める。しばらくは歯型が消えないだろう。でも、別に気にするような相手は私にはいない。キャバクラに出勤する時、何日かはスリップドレスが着られないだけのことだ。

　亮二の両手が伸びてきて、乳房を鷲掴みにする。肩を噛んでいた口がゆっくりと首筋に移動した。お尻に勃起したペニスを感じる。

「お前の匂いがする」

「シャワー、浴びてないから……」

「いい匂いだ」

　背後から回された彼の手の中で、私の小振りな乳房がまるでゴム鞠《まり》のように変形を続ける。尖った乳首が潰され、芯の疼《うず》きを煽《あお》られた。

「レイチェルって、女性の名前ですよね」

　蕩け出す意識の中で、私は最後の抵抗のように言葉を吐き出した。

「ああ」

「モデルはいるの？」

「なんでそんなことを聞く」

「別に……。ただ、なんとなく。ああっ」

亮二が私の耳朶《みみたぶ》を口に含んだ。子猫がミルクを飲むときのように、ピチャピチャと音を立てて耳朶をしゃぶられる。

「姉貴の、あだ名だった」

耳元でまるですすり泣くように、亮二が囁く。私の身体に鳥肌が広がる。

「お姉さん？」

「ああ、綺麗な人だった。子供の頃から大好きだった。もう、死んじまったけどな」

「亡くなったの？」

「男に振られて、ビルの屋上から飛び降りた。俺が十九の時だ」

「そんな……」

亮二の荒々しい動き。持って行き場のない怒りをぶつけるように、亮二が私の身体を責める。片足をソファに乗せられ、後ろから貫かれた。私の中が亮二でいっぱいになる。

「ああっ、亮二」

初めて彼の名を呼んでみた。それだけで感度が何倍にも増す。全身の毛穴が開く感覚。体温が急激に上がっていく。息が苦しい。一度目の絶頂を迎えた。身体が痙攣する。

「レイ。お前、なんか姉貴に似てるよ」

亮二が私をレイと呼んだ。泣きそうになった。

歌舞伎町の路地裏で、吐いているときの亮二の苦しそうな背中が脳裏を過ぎる。彼の痛みを和らげてあげたい。そのためなら、なんだってできると思った。

亮二がペニスを引き抜き、私の身体を反転させる。私は正面から彼の目を見つめ、自らくちづけを迫った。唇を嚙み千切られそうなほど激しいくちづけをされる。息ができない。

亮二の身体が震えている。必死に何かから逃れようとしているみたいだ。

私は唇を合わせたまま、彼の手を引いてベッドルームへと移動した。先にベッドに倒れ込む。すぐに亮二が覆い被さってきた。

「入れて」

亮二が私の目を見る。小さく頷くと、亮二が腰を突き出した。しかし、熱く滾《たぎ》ったペニスは、私の陰毛を擦り上げただけだった。

無我夢中で彼の勃起したペニスを摑むと、それを自分の性器に押し当てた。そのまま腰を突き上げ、ペニスを私の中に迎え入れる。

「ああっ、亮二」

「ううっ」

亮二が私の上で身体を震わせた。ペニスの先端が、子宮を押し上げる。

「ああっ、いい！」

「レイ、お前の中、凄く暖かいよ」

亮二が激しく腰を振り始めた。私もそれに合わせる。私は自分でも聞いたことがないような淫らな声を上げ続けた。

「ああっ、気持ちいい！　だめっ、凄い！」

亮二が私の中にいる。女であることを肉体で感じる。本能で喜びを噛み締める。

「レイ、お前の身体、気持ちいい」

私は亮二の身体を両腕で思いっきり抱き締めた。

傷付いた心を性欲の高まりによって癒そうとしている亮二。泥酔し、すべてを誤魔化そうとしている。

どうせ相手の女は誰でも良かったのだ。そんなことはわかっていた。それでも、私はそんな彼を受け止めたかった。

亮二の腰の動きが限界まで激しくなった。快楽の大波に飲み込まれ、呼吸さえもできなくなる。気持ち良過ぎて、私は泣き出した。頭の中で『レイチェル』がリフレインする。

「ああっ、いきそう」

痙攣する私の中に、亮二が射精を始めた。

「ううう っ」

「ああっ、だめっ。いくっ！」

絶頂が止まらない。彼の精液で、膣の中がいっぱいになる。身体が激しく痙攣した。意識が真っ白になる。気持ち良過ぎて、このまま死ぬのかと思った。

何度も何度も続けて絶頂を迎える。息ができない。ついに視界がゼロになった。そのまま、私は意識を失った。


どれくらい気を失っていたのだろう。気がつくと、亮二が私の胸に顔を埋めて眠っていた。切なくなるような寝顔。

彼の柔らかな髪を、ゆっくりと指で梳《す》いてあげる。彼のペニスを性器に受け止めたまま、私はいつまでもそうしていた。

3

そのまま、亮二は私のマンションに居ついてしまった。

もともと家賃の滞納を続けていて、自分のアパートを追い出されそうになっていたらしい。

ギターとアンプと着替え程度のわずかな荷物だけで、亮二は私のマンションに転がり込んできてしまった。

亮二にとってミュージシャンとしての仕事は、新宿歌舞伎町のライブハウスでの週に一度のライブだけだった。ほとんど収入にはならない。それ以外の日はカラオケボックスでバイトをしていたが、それも休みがちだった。二人の生活費のほとんどを、私のキャバクラでの給料に頼っていた。

「メジャーデビューしたら、レイにもいい思いさせてやるからな」

そう言いながら小遣いを私からせびっていく亮二。その顔はお金をたかられている私以上に、辛そうに見えた。

「亮二の曲、絶対に売れるよ。私、信じてるから」

できるだけ亮二が気まずくならないように、私はいつだって笑顔を絶やさずにお金を渡した。

「今回の曲は、かなり自信があるんだ。レコード会社の担当者もけっこう乗り気だった」

亮二が嬉しそうに頭を掻く。

「凄いじゃない！　今度はきっとうまくいくよ！」

私から受け取った一万円札三枚をデニムパンツのポケットに捻《ね》じ込むと、亮二は部屋を出て行った。

数日後。キャバクラに出勤して間もなく、私は体調を崩した。たぶん、風邪の引き始めだ。病気としてはたいしたことはなかったが、なんとなく仕事をする気になれなかった。マネージャーにお願いして、三時間ほど早退をさせてもらった。

私から小遣いをせしめたばかりの亮二は、いつもならバンド仲間と明け方まで飲んでくるはずだ。一人でゆっくりと寝るつもりだった。ところがマンションに戻ると、なぜか亮二がすでに戻っていた。

嫌な予感がする。自分で鍵を開けた。玄関ドアを開けると、見知らぬ女が靴を履いているところだった。

素足に安っぽいピンヒールのサンダル。胸の開いたミニのワンピース。雑なメイク。女は私と目が合うと、無言のまま鼻で笑った。私の脇を擦り抜けて外に出て行く女など放っておいて、ベッドルームへと駆け込む。

「レイ……」

定まらぬ視線を宙に泳がせたまま、全裸の亮二が呟いた。床に落ちたコンドーム。

「亮二、どういうこと？」

浮気された悔しさなんかより、亮二の心の弱さの方が何百倍も悲しい。

「うるせえ……」

「亮二、そんなことして、自分を傷つけるだけなんだよ」

亮二がウイスキーの入ったグラスを手に、ゆっくりとベッドから起き上がる。まるで腐った魚のように、その目は濁り、焦点を失っていた。

ペニスが異常なほど勃起している。ウイスキーをストレートでガブ飲みしたせいなのだろうか。こんなのは見たことがなかった。

「明も隆平も、バンドを辞めるってよ」

「ギターの明君とドラムの隆平君が？」

「辞めてぇ奴はさっさと辞めちまえばいいんだよ！　そんな根性のねえ奴は、こっちから願い下げだぜ」

亮二が私に迫る。

「いったい、何があったの？」

「また、だめだった」

「だめって……」

「レコード会社から連絡があったんだよ。デビューの話はなかったことにしてくれって」

「今回は大丈夫そうだったんじゃないの？」

「知るかよ！　明も隆平ももう辞めるって言い出した。ベースの晴樹も連絡がつかねえ」

亮二が手に持っていたグラスを壁に叩きつけた。派手な音を立てて、グラスが割れる。あまりに大きな音だったので、私は思わず身体を縮み込ませた。ウイスキーの匂いが、部屋中に広がる。

「今回はだめだったかもしれないけど、また頑張ればいいじゃない。いつか絶対に売れるよ。私、信じてる」

「絶対に売れるだぁ？　お前なんかに何がわかるんだよ」

「亮二……」

「誰も俺を認めてくれねえ」

亮二の目が虚ろになっている。不安と絶望によって、亮二の心が壊れ始めているのだ。

「そんなことない。私は認めてるよ」

「お前に、俺の何がわかるんだよ！」

次の瞬間、拳《こぶし》で顔を殴られた。目の前が真っ白になって、身体が後ろに吹っ飛んだ。少し遅れて、頬が燃えるように熱くなる。意識が朦朧とした。

「レイ、お前のその哀れむような目が気に入らねえんだよ！」

倒れた私に、亮二が馬乗りになる。続けて顔を殴られた。二発、三発、四発。口の中が切れて、鉄の味のする生温かい液体が舌の上に広がっていく。

「亮二、やめて！」

両手で必死に顔を守る。顔をこれ以上殴られると、お店に出ることができなくなってしまう。暴力は数分にも及ぶ。意識が遠退いていく。途中からもうどうでもよくなった。顔を庇《かば》っていた両手が外れる。

亮二の手が私の服に掛かる。ブラウスとスカートを続けて引き裂かれた。ブラジャーもショーツも暴力的に剝《は》ぎ取られる。それでももはや抵抗する気力さえ残っていない。

髪を摑まれ、ベッドに引き上げられた。両手を背中に回され、引き裂かれたブラウスの切れ端で後ろ手に縛られた。

「こんなのいやっ」

「うるせえ！」

アルコールによって、亮二の絶望は何十倍にも増幅されてしまっている。その目には狂気さえ滲《にじ》んでいた。

「咥《くわ》えろ」

勃起したペニスが、私の口の中に押し込まれた。髪を鷲摑みにされ、すべてを飲み込ませられる。胃液が逆流してきた。さらに奥へとペニスが突っ込まれる。

呼吸ができない。それでも亮二はさらに奥へとペニスを押し込んでくる。

まったく空気が吸えなくて、意識が朦朧としてきた。このまま死ぬのかもしれない。それでもいい。そんな考えが過ぎる。私はゆっくりと目を閉じた。

次の瞬間、ペニスが引き抜かれた。大量の空気が口から入ってくる。ゴホゴホと咳《せ》き込みながら、夢中で息を吸った。

「尻を高く上げろ！」

両手を後ろ手に縛られたまま、うつ伏せの格好で尻を上げさせられた。顔と肩と膝で身体を支える。

背後から亮二が私の腰をしっかりと摑んだ。唾液でべとべとになったペニスが、排泄器官に押し当てられる。

「亮二、そこは違う！」

そういう性行為があることは知識としては知っていたが、自分の身に起こるなど有り得ないと思っていた。狂った亮二は、暴力と性の区別がつかなくなっている。そして、それが唯一の逃げ道になっているのだ。どうにもならない自分の思い。悲しいくらい弱い心。それを暴発させ、ギリギリのところで理性の崩壊を食い止めようとしている。

「いつも哀れんでいる俺から、こんな変態的なことをされるのはどんな気持ちだ？」

「亮二のことを哀れんでなんていないよ」

哀れんでなんていない。心が折れて壊れてしまいそうなくらい弱いからこそ、亮二はあんなに美しい曲が書けるのだ。

「うるせえ！　その目だよ。その目がいつも俺を哀れんでるって言ってんだよ！」

鋼《はがね》のように硬くなったペニスが、私の排泄器官を犯し始めた。すでに亀頭の半分くらいが侵入してきている。

「痛い！　無理よ。やめて！」

「おら、いくぞ！」

亮二が腰を叩きつけてくる。ペニスが一気に私の中に入ってきた。

「あううぅっ！」

脳みそまで届くような強烈な刺激が突き抜ける。亮二が狂ったように腰を振り始めた。ベッドがギシギシと音を立てて軋む。直腸が熱いペニスで抉られる。悪魔のような快楽。全身の毛穴が開き、鳥肌が広がった。

「いやぁぁぁ！」

死にたいほどの屈辱感が、全身を支配する。それでも肉体は快楽で融け出していく。

「ああっ、亮二。お願い、やめて」

「こんな変態みたいなことされて、どんな気分だ？　レイにも俺の屈折した気持ちが少しは理解できたか？」

「ああっ、だめっ！　いやっ！　お願い！」

悪魔のような形相。こんな亮二は見たことがなかった。私の責任だ。私が側にいながら、いや、側にいたから、亮二をここまで追い詰めてしまったのだ。

「あううっ。私は、いつだって、亮二の味方だよ。あああっ」

「お前のその善人面した優しさが、気に入らねえんだよ」

亮二の腰の動きがさらに激しさを増す。熱いペニスが、直腸を抉り続ける。私の内臓が、快楽によって蕩けていく。

「あああっ、亮二……」

「いくぞっ！」

一際激しく突かれた後、亮二の動きが止まった。直腸の奥深くに射精される。熱い精液が、何度も発射された。私の身体も絶頂を押さえ切れず、激しく痙攣を始める。

「あああっ、亮二……」

深い闇の中に、堕ちていくようだった。

4

「すみません。こういうとこ、初めてなもので」

それが新垣和彦《あらがきかずひこ》との初めての出会いだった。私より二つ年上の三十歳。一流企業との顧問契約を専門に扱う大手の弁護士事務所に勤める若手の弁護士だった。

仕事がら銀座の高級クラブで接待を受けることには慣れているのかもしれなかったが、新宿歌舞伎町の場末のキャバクラに来たのはどうやら初めてのようだった。

「あんまり堅くならないで。好きなように日頃のストレスを発散しちゃっていいんですよ。あちらの先輩さんみたいにね」

新垣和彦を無理やり連れてきたらしい事務所の先輩という小太りの中年男は、新人のランちゃんがいたく気に入ったらしく、さっきからセクハラを連発している。ノーブラの胸の谷間に何度も手を滑り込ませては、ランちゃんから怒られていた。もっとも巨乳が売り物のランちゃんもまんざらではないようで、忍び込んだ手を咎《とが》めるのが、だんだん遅くなってきている。

「ここはね、セクキャバなんです」

新垣の水割りを作り直しながら、私は説明してあげる。

「セクキャバ？」

「そう。セクハラをしてもいいキャバクラなの。女の子にドリンクをご馳走してくればドレスの上から身体に触るくらいなんでもないわ。指名してくれれば、もっと酷いこともＯＫよ」

「そんなこと……」

まるで童貞の少年のように恥ずかしげに目を伏せる。所在なげにそわそわしている姿がいかにも好感が持てた。きっと、汚れた世界などには触れることもなく、エリートの人生を真っ直ぐに歩んできたのだろう。

「レイさんは、なんでこんな店にいるんですか？」

「えっ？」

「あなたにはこんな仕事は似合いません」

「ずいぶん聞いた風なことを言うのね。でも、口説き文句なら安っぽいし、本気で言ってるのならお門違いよ。あたしはね、指名料欲しさに喜んでセクハラさせるような女なの。それが事実よ」

新垣が本当に悲しそうな顔をした。こんな私のために。

「僕は人を見れば、その人が本当はどんな人間なのか、ちゃんとわかるんです。だから僕は弁護士になったし、ずっとそうやって仕事をしてきました」

新垣の真っ直ぐな視線。賑《にぎ》やかな店内の雑音が、一瞬で消えた気がした。

こんな風に生きている人もいるんだ。

私の人生の中には、いないタイプの人だと思った。


それ以来、新垣は毎日のように店に現れ、私を指名していった。もう三ヶ月になる。それなのに、指名したからといって私の身体に手を触れるわけでもなく、ただずっと野菜スティックを齧《かじ》りながら水割りを飲んでいるだけだった。

「エリート弁護士さんが毎晩こんな場末のキャバクラに来ていて、お仕事の方は大丈夫なの？　それにいくら弁護士さんが高給取りだからって、こう続けてじゃお金も大変でしょう」

「僕は別にエリートじゃないし、それに若手の雇われ弁護士なんて世間で思われているほど高給取りでもないですよ」

唇を尖らせ、少しムキになった様子でそう言う新垣の様子が可笑《おか》しくて、私は笑いながら水割りを作り直した。

「だったら、なおさらじゃない」

「レイさん、こんな店、辞めてください」

真剣な目。この人、本当に好い人なんだなぁって、そう思える。

「そうもいかないの」

「どうして？」

「男がいるのよ」

「えっ？」

「それもろくでなしの男。挫折を繰り返している売れないミュージシャン。才能はあるのにそれが評価されないと、その苛立《いらだ》ちを酒と暴力とセックスにぶつけるしかないような、どうしようもない男よ。酒を飲んでは暴力を振ったり、ファンの女の子に手当たり次第に手を出すような人で、バンドのメンバーもついには愛想を尽かして、一人また一人と辞めてっちゃった」

「愛してるんですか？」

「どうかな。よくわからない。でも、彼には才能があると思う。私はそれを信じてる」

「そんな奴、レイさんには似合いません」

新垣はテーブルに置かれたウイスキーのグラスを手に取ると、それを一気に飲み干した。

「レイさん。僕と結婚を前提にお付き合いしてください」

「はははは、冗談はやめてよ。笑い過ぎてお腹が痛くなっちゃうじゃない」

私は新垣の言葉を笑い飛ばす。

どうして彼はそんなことを言うのだろう。どうして彼は私なんかに優しくしてくれるのだろう。

思いもよらぬ新垣の告白。私は腹を抱え、いつまでも大声で笑い続けた。そうしていないと、泣き出してしまいそうだったから。

5

「また、お酒飲んでるの？」

「うるせぇ！」

罵声《ばせい》に怯《ひる》みながらも、私は床に散乱したウイスキーの空き瓶を片付ける。

「最近、ちっとも曲を書いてないじゃない」

「あのプロデューサーの野郎、何にもわかっちゃいねぇんだ！」

腕を摑まれ、引き摺り倒された。いきなり拳で顔面を殴られる。衝撃で後頭部を床に激しく打ちつけた。一瞬、意識が朦朧となる。

さらに二発、腹を殴られた。死ぬほどの激痛が襲ってくる。私は咳き込みながら、両手で腹を抱えて丸くなった。

立ち上がった亮二が私を見下ろしながら服を脱いでいくのが、涙でぼやけた視界の端に見える。下半身だけ裸になった亮二が、私の服や下着を乱暴に引き裂いていく。

「……許して」

やっとそれだけの言葉を吐き出す。いつもの暴力。泥酔した亮二は、歪んだ性欲を発散することによって、現実からの逃避をはかる。

亮二がクローゼットからロープを出してきて、私の両手を縛った。全裸で床に転がされた私を見下ろすその目には、すでに光がない。

「そんな哀れむような目で俺を見るんじゃねぇよ」

亮二の手には巨大なペニス型のバイブレーターが握られていた。その黒光りしたシリコン製の淫靡な玩具の効果を知っている私は、絶望的な気持ちになる。

「お願いだから、そんなもの使わないで。私はいつだって亮二のことを思って――」

「それが哀れんでるっていうんだよ！」

髪を鷲掴みにされ、身体を床に押し付けられた。バイブレーターを性器に突き立てられる。

「あううううっ！」

「売れないミュージシャンだって、俺のことを心の中では哀れんでるんだろう。何も考えられないようにしてやる」

酒臭い息が降り掛かる。バイブレーターのスイッチが入れられた。子供の手首ほどもある巨大なペニス型の異物が、私の中で暴れ始める。

「あああっ、だめっ、苦しい。助けて！」

絶対に有り得ないような人工的な動き。拷問にも近い暴力的な快楽を私に強制する。

亮二の言ったように、すぐに何も考えられなくなった。身体中の神経をギターの弦のように弾かれたみたいだ。肉体が激しく震え始める。

「だめっ。止めて。いやっ。いっちゃうよ」

機械によって絶頂を味わわされる屈辱。歯を食い縛って耐えても、自分の意志ではどうにもできない。

「おらっ、いけよ！」

「いやだ。いきたくない。亮二、止めてよ」

亮二がバイブレーターを握った手を激しく動かす。電動の振動によって、性器が痙攣を始めた。

「ああっ、いや。出ちゃう。止めて！」

死にたいくらい気持ちいい。もうどうなってもいい。亮二がそれで救われるなら。

「おらっ、いけよ！　いつもみたいに潮を噴きながらいってみろよ！」

「ああううっ！　いくぅぅぅ！」

性器から熱い体液をシャワーのように噴出させながら、私は全身をビクンビクンと大きく痙攣させて絶頂を迎えた。あまりにも感じ過ぎて、声を上げて泣き出してしまう。口からは涎を垂らし、鼻水を啜りながら、大声を上げて泣き続ける。

亮二がバイブレーターを放り出し、そんな私をしっかりと抱き締めた。亮二の匂いを感じる。

亮二が私の胸に顔を埋めて泣き始めた。切なくなるような泣き声。気がつくと、痙攣の収まった私の方が、反対に彼のことを抱き締めていた。

彼の柔らかな髪を、ゆっくりと指で梳いてあげる。身体を震わせ、子供のように泣きじゃくる亮二。

「レイ、俺を捨てないでくれ。レイがいないと、俺だめなんだ」

「亮二……」

亮二が私の胸に顔を擦りつけながら泣き続ける。

「レイ、俺の側にいてくれ」

「どこへもいかないよ」

私がいたら、きっとこの人はだめになってしまう。

亮二の頭を優しく撫でる。ずっと考えていたことを、ついに私は決心した。

翌日、彼が外出している間に、私はとりあえず必要な荷物だけを纏《まと》めて、部屋を出た。書置きを残して。

〈ずっと応援しています。必ず夢を叶《かな》えてください。今までありがとう。さようなら〉

*

半年後。

結婚の準備のため、新垣と銀座の百貨店を訪れた。新しい生活のための買い物。新しい家具。新しい食器。お揃いのスリッパ。たくさんの買い物をした。

新垣が荷物を持ってくれる。笑顔で話を聞いてくれる。歩く速さを合わせてくれる。ちょっとしたことが嬉しい。幸せだと思った。

買い物をしている時、偶然立ち寄ったCDショップの店先に並んでいるCDのジャケットを見て、私の身体が固まってしまう。

『期待の大型新人デビュー。大ヒット中！　レコード大賞最有力候補』と派手なポップが目を引く。店の中に彼の曲が流れ始めた。

〈レイチェル、どうして君はいつもそんなに綺麗なんだ。君の濡れた瞳に吸い込まれそうさ。俺は君がいないとだめなんだ〉

平積みされた大量のCDを指差しながら、新垣が曲に合わせて歌詞を口ずさむ。

「この曲、いいよね。『レイチェル』っていうんだろう。化粧品会社のテレビCMにもなっていて、最近流行《はや》っているみたいだね」

「そうなんだ……」

「玲子さんが好きなら買おうか？」

ショーウインドウに映り込んだ私の笑顔が、滲んでぼやけそうになる。私は新垣に向かって微笑みながら、ゆっくりと首を横に振った。

素直になれたら

芳醇な緑の匂いをたっぷりと含んだ初夏の風のように、気がつくと彼は私の身体の一番深いところを駆け抜けながら、渇いた心を潤してくれた。

傷つくことを恐れ、どこへも踏み出せずにいた孤独な私に、彼の紫色に輝く瞳が語り掛ける。手を伸ばす勇気さえあれば、たとえ指先を傷つけたって、少しも痛くなんかないんだ。大丈夫だ。苦しくなんかない。私はちゃんと歩いていける。

噴出した血の粒を舐めてみた。今でも彼のことを思うとき、胸の一番奥が苦しくなる。それでも私は彼のことを忘れない。

1

「やめてください！」

いかつい男の手が、私のブラウスの胸元を摑《つか》んだ。その拍子に、滑らかな光沢を持った絹のブラウスのボタンが、三つ同時に弾《はじ》け飛んだ。ブラウスと同色の白いレースに縁取られたブラジャーが、男達の下卑《げび》た視線に晒《さら》される。

私を取り囲んだ野獣のような三人の男達。彼らの目の色が変わったのがわかる。私は慌てて両腕で、自分の胸を隠した。

細身の身体にはアンバランスなくらい豊かな私の乳房。教師という職業を選んだ私にとっては、無用の長物でしかない。今も暴漢達が私の胸を見て、欲望を露《あらわ》にしている。私は恥ずかしさと悔しさに、目に涙を滲《にじ》ませながら、唇をきつく噛《か》んだ。

「へえっ、すげえ巨乳だな。涎《よだれ》が出ちまうぜ」

見るからにチンピラヤクザという出立《いでた》ち。品の悪いスーツに、着崩した安っぽいシャツ。そして、指や首には金の装飾品。三人とも、見事に同じような格好をしている。

「やめてください。警察を呼びますよ！」

茹《う》だるような熱帯夜の湿度が、私の肌に纏《まと》わりつく。額を汗が伝う。背後には鬱蒼《うっそう》とした森が黒い闇のように広がっていた。逃げ場はない。

なぜいくら近道だからといって、深夜の公園などを抜けようと思ったのだろうか。私は自分の誤った選択を呪った。

「警察だってよぉ」

スキンヘッドの大男が笑う。

「警察が来るのに何分掛かるんだ？　俺達みんな早漏だからよ。余裕で全員が犯《や》れちゃうぜ」

ガムをくちゃくちゃと嫌らしく嚙んでいる蛇のような目をした金髪の男がそう言うと、他の二人も顔を見合わせて大笑いした。その異様なテンションで、かなり酒に酔っているのがわかる。

終電を降りたときから、ずっと後をつけられていたのだ。駅から繁華街を抜け、住宅地の手前のこの大きな市民公園に入る前に、どうしてそのことに気がつかなかったのだろう。

両側からスキンヘッドと蛇の目が私の腕を掴んだ。正面から両耳に三つずつダイヤのピアスをした神経質そうな細身の男が、私の開いた胸元から乳房を力任せに鷲掴《わしづか》みにする。

「くっ！」

あまりの苦痛に、私は顔を背けた。顎《あご》を手で掴まれ、顔を上げさせられる。

「すげえ美人だな」

ピアスがわざと卑猥な音を立てながら、私の乳首を啜《すす》った。

「いやあああ」

「そそるおっぱいだぜ。もう我慢できねえ。俺から先に咥《くわ》えさせるぜ」

ピアスがジャラジャラと音をさせながらベルトを外すと、ズボンと下着を同時に下ろした。

はち切れそうなほど充血したペニスが現れる。

「いやぁ！」

私は抱え込まれてしまっている両腕を振り解《ほど》こうと、全身に力を込めて暴れた。

「大人しくしろ！」

蛇の目の手に、いつの間にか鋭く光るナイフが握られていた。その刃先が私の頬をピタピタと叩く。冷たい感触。恐怖に身体が硬直した。

「ゆ、許して」

「その綺麗な顔に傷をつけられたくなかったら、俺達の言うことをきくんだ。そうしたら優しく可愛がってやるからよ」

蛇の目のナイフが、私のスカートのウエストに入り、そのまま縦に切り裂いていった。私は全身に力が入ったまま身動きできない。濃紺のタイトスカートが足元に落ちた。

「ブラとお揃いの純白のパンツか。こういうのもなかなかそそるぜ」

「いつも行ってるイメクラの女のエロいスケスケパンツとはえらい違いだな。やっぱ、今夜の獲物として駅からつけてきてよかったぜ」

スキンヘッドが笑う。

この男達はレイプの常習者なのだ。私は絶望と恐怖に意識を失いそうになる。

蛇の目の指が私のショーツの上から性器を嬲《なぶ》る。

「あぁっ、いやっ。やめて」

「動くんじゃねえ。綺麗な顔が傷だらけになるぞ」

私は身体をさらに硬直させた。

下着の中に蛇の目の手が入ってくる。ヘアを掻《か》き分け、クリトリスを二本の指が捉える。

すぐに性器の中に、ゴツゴツとした指が入ってきた。

「ああっ、お願い。許して」

「うるせぇ！」

一片の愛情もない身勝手な愛撫。私は屈辱と苦痛に強く歯を食い縛った。

「おい、この女……」

蛇の目に性器を弄《いじ》られている私の顔を、ピアスが横から覗き込んだ。その様子に私は血の気《け》が引いていく。

「間違いねえ。この女、聖倫学園の先公だぜ」

「女教師か？」

「ああ、俺の弟がこいつのせいで退学になったんだ。全校一の美人女教師だって、弟に文化祭のときの写真を見せられたからよく覚えてる。俺の自慢の弟だったのに。この女のせいで、弟も今じゃうちの組員だ」

　私はピアスの顔を改めて見る。金崎という三ヶ月前に問題を起こして退学になった生徒にそっくりだった。

　チアリーディング部の二年生の女子生徒が三年生の金崎に体育倉庫に連れ込まれ、レイプされそうになったところを、私が見つけて助けたことがあった。危うく未遂に終わったので警察沙汰《ざた》にはしなかったが、学校としては金崎を退学処分にした。

「あれは、金崎君に問題が……」

「うるせー。若者の恋愛に、教師が首を突っ込むんじゃねえよ。弟の人生を狂わせたのはお前だ。きっちりと弟の仇をとってやるぜ」

　ピアスがペニスを扱《しご》きながら、私のブラジャーを毟《むし》り取った。

「ああっ、そんな！」

　スキンヘッドと蛇の目によって、私は跪《ひざまず》かされた。膝がアスファルトに擦れて痛む。目の前に、ピアスの勃起したペニスが迫った。

　ピアスの目が、狂気の炎を帯びている。私は自分が何をされようとしているかを悟って、絶望の淵から突き落とされた。

「ほら、咥えろ！」

私はきつく唇を閉じる。顔を背けようとしたら、スキンヘッドに髪を摑まれ、無理やりに正面を向かされた。

濡れたペニスの先端が私の唇をゆっくりとなぞっていく。先走りの透明の液体がグロスのように塗られ、唇から銀色の糸を引いた。性の腐臭が鼻をつく。

「口を開けろ」

ナイフの刃が、私の頰に食い込んだ。

「素直に咥えないと、このままナイフを引くぞ。綺麗な顔に一生消えない傷がついちまうぜ」

恐怖、羞恥《しゅうち》、屈辱、苦痛、そして絶望。私はすべてを諦め、目を閉じながら口を僅《わず》かに開いた。

欲望に満ちた男のペニスが、強引に私の唇を抉《こ》じ開けていく。すぐに喉の奥まで突っ込まれた。吐き気がする。

もう、だめだ。私の心が押し潰される。

その時だった。

一陣の風が吹いた。胸の奥にずっとしまってきた懐かしい匂いに、私の身体がやんわりと包まれる。あの頃の感覚。

「お前ら、何をやってんだ」

聞き覚えのある声。低く穏やかで、そして優しさに満ち溢れている。

「なんだ？　てめえこそどこのどいつだ！」

一番いいところで邪魔されたピアスが、不機嫌な顔で振り返ると、そこに彼が立っていた。

「男三人で女一人をレイプか？　相変わらず竜神会の奴らはクズの集まりだな」

私は目を開けた。私の頰を涙が伝う。奇跡が起きた。私の目の前に一人の男が立っている。

細身の黒いスーツに静かなグレーのシャツ。彼はまったくの無表情で、両手をポケットに突っ込んだままこちらを見ていた。

憂いを帯びた紫色に光る瞳。寂しげな表情。そして温かみを感じさせる声。すべてがあの頃のままだった。

「ふざけたこと言ってると、てめえから先にこいつで切り刻むぞ！」

蛇の目がナイフを手に凄んでみせる。本当に人間を平気で殺せるような狂人の目をしていた。

「やめとけ。俺はむちゃくちゃ強いぞ」

男は表情一つ変えない。

「お前、日創興業の前島《まえじま》か？」

スキンヘッドが私の手を離す。力の抜けた私は、その場にへたり込んだ。

「だとしたらどうだって言うんだ？」

「てめえ、最近うちのシマを荒らし回りやがって。いきがってんじゃねえぞ」

スキンヘッドもナイフを取り出した。蛇の目とピアスと三人で、男を取り囲む。三人とも強い殺気に目をギラギラとさせていた。

「前島っ！」

ピアスがナイフを振り上げ、男に飛び掛かっていく。鋭いナイフの刃先が月明かりを受け、キラリと光った。男の首筋にナイフが迫る。

「危ない！」

私がそう叫んだのと、ピアスの身体が地面に投げ出されたのは、ほぼ同時だった。

一瞬のことに、何が起きたのか、誰にもわからなかった。気がつくと、潰れた鼻から骨を飛び出させ、顔中を血だらけにしたピアスが、地面を転げ回っていた。

「痛《い》てえよう」

ピアスはナイフを放り出し、大量の血を噴出している鼻を手で押さえて苦しんでいる。

男が倒れているピアスの顔を黒いブーツの爪先で思いっきり蹴り上げた。グチャと嫌な音がした。ピアスの鼻がさらに顔にめり込んだ。

「ぎゅあー！」

顔面を押さえてピアスが地面の上を逃げ回る。男はそれを執拗《しつよう》に追い駆け、顔面を蹴り続けた。

「おいっ、てめえ。やめろ！」

ナイフを持ったスキンヘッドが男の背後から飛び掛かった。男はまるで背中にも目が付いているかのように、それを身軽にかわすと、スキンヘッドの腕を取り、強く捻《ひね》り上げた。スキンヘッドの手からナイフが落ちる。次の瞬間、ボキッと腕の骨が折れる音がした。

「うおおおっ！」

獣のようにスキンヘッドが悲鳴を上げた。そして膝からその場に崩れ落ちる。

男はスキンヘッドの顔面に思いっきり膝蹴りを入れた。スキンヘッドの前歯がすべて折れ、ポロポロと地面に落ちた。そのままスキンヘッドは気を失ってその場に倒れた。

それを見た蛇の目が怯《おび》えた顔で後退《あとずさ》りを始める。

「て、てめえ、覚えてろよ！」

蛇の目はそう言いながら駆け出し、その場から逃げ出そうとした。男はスキンヘッドが落としたナイフを拾うと、逃げ出した蛇の目に向かってそれを投げつけた。

「ぎゃあ！」

ナイフが蛇の目の尻に突き刺さる。蛇の目がその場に突っ伏すように転んだ。

「ひいいいっ。痛てえよう。ううううっ」

蛇の目は身体を痙攣《けいれん》させながら呻《うめ》き声を上げた。

すべてがあっという間の出来事だった。

「だから、俺はめちゃくちゃ強いぜって言ったんだ」

男が私の側にやってくる。

「大丈夫か？」

「はい」

「服がボロボロだな。これを着て帰《け》えんな」

男が上着を脱ぐと、それを私の肩に掛けた。強いムスク系のコロンの香りがした。

「ありがとう」

「夜道の一人歩きには気をつけな」

男はそれだけ言い残すと、歩み去って行こうとした。

「待って、慶介《けいすけ》君」

驚いた表情で、男が振り返った。そして私を見る。

「委員長？」

氷のように冷たかった彼の目が、優しさを取り戻す。間違いなかった。彼は十年前に私が本気で恋をした男、前島慶介だった。

2

十年前の夏。私も前島慶介も高校二年生だった。

慶介は野球部のエースで、全校生徒のアイドル。端整な顔立ちと一八〇センチの高い身長、それに誠実で友達思いの優しい性格も相まって、女子生徒はもちろんのこと、同性や教師達にもとても人気があった。

彼を見ていると、天は二物を与えずという言葉がまったく意味をなさないことを痛感させられる。

顔が良くて、性格が良くて、そしてスポーツ万能。野球ではプロのスカウトが彼を追って、度々グラウンドに視察に来ているほど。

四番でエースの彼の勇姿を追ってグラウンドのフェンスに張り付いているのは、もちろんスカウトばかりではなかった。全校の女生徒が彼の追っかけをしていた。

西東京地区有数の進学校ではあったが、高校野球の世界ではほとんど無名だった私達の高校は、十年に一人の逸材と言われた慶介の活躍もあって、その夏の地区予選を順当に勝ち進んでいた。

私と慶介は同じクラスだった。全校のアイドルの慶介と私は、中学から同じ学校に通っていて古い付き合いではあったが、決して親しい間柄というわけではなかった。

いつも光が当たっていた彼の周りには、明朗活発で綺麗な女の子達がたくさん集まっていたし、私はと言えば勉強ばかりしているガリ勉タイプのつまらない普通の女の子で、クラスでは押し付けられるようにクラス委員長をしているような真面目な生活を送っていた。

彼は全校のアイドル。私はつまらないその他大勢の普通の子。だから私達には親しくなるような接点は、まったくと言っていいほど存在しなかった。

私の彼への密《ひそ》かな恋心は、私の胸の奥深くに、ずっとしまわれたままだった。あの日が来るまでは……。

地区予選準決勝を二日後に控えた放課後の保健室。夏風邪を引いたのか少し頭痛がした私は、薬をもらおうと保健室に行った。

保健室に入っていくと、養護教諭はいなかった。その代わりに保健室のベッドに腰掛けていたのは慶介だった。

彼は私が保健室に入って来たことに、気がついていないようだった。野球部のユニフォーム姿だったが、なぜか上半身は裸だった。

慶介の裸の背中を見て、私はいけないものを見てしまったような気がして、思わず衝立《ついたて》の陰に身を隠した。

慶介は白いタオルに包んだ氷で、肩を冷そうとしていた。その右肩を見て、私は息を飲んだ。

肩の筋肉が真っ青に腫《は》れ上がり、二倍くらいに盛り上がっていた。素人目に見ても、それが大変な状態であることはすぐにわかった。

その時に私が隠れていた衝立が音を立てた。慶介が振り返った。

「委員長……」

私は俯《うつむ》いたまま、衝立の後ろから彼の前に姿を現した。

「慶介君、その肩」

慶介が慌ててユニフォームで肩を覆う。その顔は苦渋に満ちていた。

「委員長、お願いだから……」

慶介は私に歩み寄ると、両手で私の肩を摑んで言った。

「このことは誰にも言わないでくれ！」

真剣な表情だった。深い紫をした彼の瞳が、まっすぐに私に向けられている。彼の手に力が入る。指が私の肩に食い込んだ。

「慶介君、痛いよ」

しかし、慶介は私を離さなかった。両手で私の身体を揺するように、その手にさらに力を込める。

「誰にも言わないって、約束してくれ！」

「でも、そんな状態で試合できるの？」

慶介は奥歯を噛み締めるようにして、深く息を吐いた。

「あと二つ勝てば、甲子園に行けるんだ」

「でも、そんな肩じゃ無理だよ」

「うちの高校は野球の名門校なんかじゃない。まともなピッチャーは俺一人しかいないんだ。甲子園はみんなの夢なんだよ。俺が投げるしかないんだ」

「だけど……」

「委員長、お願いだから黙っていてくれ！」

肩に掛けただけだったユニフォームが、床に落ちた。目の前に筋肉質な慶介の裸の上半身が現れる。

浅黒く逞《たくま》しいその肉体を間近で見て、私は息苦しいほどにドキドキした。

「甲子園は俺達の、いや俺の夢なんだ。それにもうちょっとで手が届く。委員長、頼む」

慶介が私をまっすぐに見つめた。もう私には何も言えなかった。私はただ大きく彼に頷き返しただけだった。

安心したように慶介は微笑《ほほえ》んだ。苦しげで哀しげで、そして強い思いに満ちた笑顔だった。彼はユニフォームを拾って再びそれを着ると、保健室を出ていった。

二日後の準決勝は、慶介の完投もあって、１対０で私達の高校が勝った。我が校側のスタンドは、次々に三振の山を築く慶介の応援で、大変な盛り上がりを見せていた。

ただ一人、慶介の肩のことを知っている私は、心配で胸が張り裂けそうだった。泣きそうな顔でマウンドを見つめる私の前で、慶介は美しい豹《ひょう》のようにしなやかな身体を振り絞って、相手打線を見事に完封してみせた。

その翌日の決勝戦。慶介の姿はマウンドにはなかった。控えのピッチャーは初回から相手打線に捕まり、一回をもたずに炎上した。初回から毎回得点され、11対０でコールド負けをした。

慶介は肩を壊し、ピッチャーはおろか、二度と野球のできない身体になった。野球部を退部した慶介は、そのまま学校も退学してしまった。

慶介の退学で学校は大騒ぎになったが、それも長くは続かなかった。いつの間にか、みんなは彼のことを忘れた。ただ一人、私を除いては。

もし私があそこで止めていたら、彼は三年生まで、いやもしかしたらプロまで、野球を続けられたのかもしれなかった。

私だけが彼を救えたのに。

それ以来、慶介は友人達の誰からも、連絡を絶ってしまった。

3

「この間は本当にありがとう」

私は慶介にクリーニングから戻ってきたばかりの黒いスーツの上着を渡した。クリーニング屋のビニールに収まったその上着を見ていると、どうしても一週間前のあのレイプ未遂事件のことを思い出してしまい、私はちょっとだけ身体を硬くした。それを察したのか、慶介は慣れない感じで無理に笑顔を作りながら、私の隣の席に座った。

日曜日の午後のオープンカフェ。私は別れ際に無理やり番号を聞き出しておいた慶介の携帯電話に連絡を取ると、彼をこの店に呼び出した。

私を襲った連中がヤクザであり、私を彼らから救ってくれた慶介もその対抗組織に属するヤクザであることも、この間の彼らの会話からだいたい察しがついていた。ヤクザと関わり合いになることは怖かったが、私の中では慶介は十年前のまっすぐな高校球児のままだった。

「そんなスーツの一枚くらい、捨ててくれてもよかったのに」

ボソボソとした、でもとても穏やかに響く口調で彼が言った。照れたような、不機嫌なような。でも、聞く者を柔らかい何かで包んでくれるような優しげな声で。

そんなところも昔と少しも変わっていなかった。

「そんな訳にはいかないよ。それにあんなことから助けてくれた恩人だもん。ちゃんとお礼も言いたかったし」

「礼なんていいさ。やつら、うちの組の若いもんを酷く痛めつけてくれたんだ。竜神会の息がかかった店で暴れながら、やつらに出くわすのをずっと待っていたんだ。レイプの常習だってネタも摑んだから、あの夜もあの公園で網を張ってたのさ。委員長を助けようとした訳じゃなくて、俺はやつらを初めから狙ってたんだよ」

「慶介君……」

「もう、昔の俺じゃないんだ。今は日創興業って立派なヤクザ組織の構成員さ。幻滅しただろう？」

慶介が笑った。でも、その目は少しも笑っていなかった。私は彼の瞳を見て、泣きたい気持ちになった。

「あの時、私が止めていれば。もしも慶介君の肩のことを顧問の先生に話していれば、あの準決勝は負けていたかもしれないけど、三年の選抜や夏の大会だってあったし、もしかしたらプロに行っていたかもしれない。私が止めてさえいれば……」

「いいんだよ、今さら。それに、黙っていてくれって頼んだのは俺だよ」

「私……」

「委員長、そんな顔するなよ。俺は今でもあのときの選択を後悔してないよ。そりゃあ野球ができない身体になって、自暴自棄になって学校もやめて、家出もして、今じゃこうしてヤクザなんてやってるけど。それでもあの試合で最後まで投げられたことは、俺の一生の宝だと思ってる」

「慶介君」

「だから、委員長。そんな顔するなって」

慶介が私の肩にそっと手を掛ける。私はその瞬間、十年前のあの保健室でのことを思い出してしまった。

慶介の指が肩に食い込んだときの痛みが、一瞬で蘇《よみがえ》る。私の胸の奥がぎゅっと締めつけられる。青春の中で、恋した人の人生を、私は狂わせてしまった。

「委員長は今、何をしてるんだ？」

「ねえ、もうその委員長っていうの、やめてくれない」

「じゃあ、守屋《もりや》さん」

本当は「玲奈《れいな》でいいよ」って言いたかったが、彼にそれを言えるほど、私達の間に深い繋がりも思い出もなかった。

「私は今、聖倫学園の英語の教師だよ」

「えっ、母校の先生なの？」

「うん。教育実習生で母校に行ったのが縁でね。ほら覚えてる？　あの物理の島村先生」

「島村ってあのバーコード頭の？」

「そう。島村先生が今じゃ教頭なの。それでガンガンと売り込んで、その後にそのまま戻ってきちゃった。ちなみに島村先生はもうバーコードも残ってないけどね」

慶介が笑う。今度の笑顔は苦しそうじゃない。高校生のときに教室で見た笑顔だった。

「俺は二年の夏で、学校をやめちゃったからな。野球ができなくなったのは仕方ないけど、高校をやめちゃったのだけは、今でもちょっと後悔してるよ。野球だけが人生じゃなかったのに。若かったからな」

慶介がカフェのテーブルに片肘《かたひじ》をついた姿勢で遠くを見ながら、音を立てずにコーヒーを啜《すす》る。

彼の横顔を盗み見る。十年前にもよく授業中にこっそりと、慶介の横顔を盗み見たものだ。美しい顎のラインが好きだった。古いフランス映画の主人公にでもいそうな、すっきりとした顔。その滑らかな輪郭の顔は、いくら見ていても飽きなかった。

「ねえ、慶介君。もう一度、高校生になってみない？」

私の提案に、慶介が怪訝《けげん》そうな顔をした。

「どういう意味？」

「この間、助けてもらったから、そのお礼がしたいの。私が個人授業をするから、もう一度、高校の勉強をやり直してみない？」

自分でも自分の口から出た言葉に驚いた。いくら昔の同級生で憧れの人だったからといって、慶介は今は本物のヤクザだった。どうしてそんなことを言ってしまったのだろうか？

慶介はしばらく俯いた姿勢で考え込んでいたが、やがてゆっくりと口を開いた。

「こんな俺でも、いいのか？」

「私にとって、慶介君は慶介君だよ」

あのときに私が彼に準決勝の試合を諦めさせていたら……。私は彼の人生を狂わせてしまったのかもしれないと、ずっとその責任を感じてきた。あのときに彼の故障のことを知っていたのは、世界で私一人だけだったのだ。彼を救えたのは、私だけだったのに、私は何もしなかった。

今度こそ、私は慶介に何かをしてあげたかった。もちろん、高校時代に恋焦がれた憧れの人を独り占めできるということも、頭の隅を過《よ》ぎらない訳ではなかったけれども。

「守屋先生、よろしく頼むよ」

「玲奈で、いいよ」

「じゃあ、玲奈先生。よろしくお願いします」

照れた笑顔が眩しい。私達はその瞬間、十年の時間を二人一緒に遡《さかのぼ》っていった。

4

「じゃあ、ほとんど忘れちゃってると思うから、一年生の基本のところから始めるわね」

「ああ、その方がいいと思う」

日曜日の昼過ぎ。私のマンションのリビングルームの応接テーブルで、テキストに向かう慶介と私。窓からは強い夏の陽光が差し込み、レースのカーテンを通してもなおギラギラと眩しかった。

エアコンを強めにつけているのに、私は白いカットソーの内側に、じんわりと汗を掻いていた。

「英語の文章って、大きく分けると、だいたい五つで説明がつくの。なぜこれを最初にやるかっていうと、それだけ重要な基礎の部分だから。私達にとって英語って、やはりどれだけ勉強しても外国語であることに変わりはないから、単語だけを見て意味を取ろうとすると限界があると思う」

「ふーん」

慶介がニヤニヤと薄ら笑いを浮かべている。

「何よ、気持ち悪い笑い方して」

「委員長って、なんだか本当に先生っぽいんだなって思ってさ」

「当たり前でしょう。先生っぽいじゃなくて正真正銘の先生なんだから」

「高校生の頃しか知らないし。それにあの堅物の委員長が、今じゃこんなに綺麗になってるしな。ちょっと驚いたよ」

「別に綺麗とかじゃなくて、大人になって化粧を覚えただけよ」

私は恥ずかしくなって、慌てて言葉を濁す。

「いや、委員長。本当に綺麗になったよ」

「だから、その委員長って言うの、やめてよ」

「わかった。玲奈って呼んでもいい？」

「えっ？　うん、いいよ」

ドキドキした。ヤクザの彼からすれば、女の名前を呼び捨てにするなんて、何でもないことなのかもしれない。でも私には、それはとても特別なことに感じられた。

慶介との個人授業は週に一回、毎週日曜日の午後にすることになった。場所は私のマンション。

図書館では話がしづらい。喫茶店やファミレスを使うこともできたが、彼がヤクザであることを、私が意識していないということの証明のためにも、あえて私は自分の部屋を提供することを強く主張した。

最初、彼は驚いていたが、すぐに応じてくれた。勘の良い彼のことだから、私の考えなどお見通しの上で、あえて受け入れてくれたのかもしれない。

「第一文型がＳＶ。第二文型がＳＶＣ。第三文型がＳＶＯで、第四文型がＳＶＯＯ、そして第五文型がＳＶＯＣ」

「覚えられないよ」

「大丈夫、ちゃんと覚え方があるから。第二文型と第三文型の間に線を引いて。それぞれの違いは？」

「Oが入っているか、いないかかな？」

「そうね。Oの目的語は第三文型以下にしか入ってないの。第四文型と第五文型の違いは、最後がオールスター勢揃いって覚えて。第五文型には、主語・動詞・目的語・補語と文の要素が全部入っているから」

慶介が一生懸命にノートを取っている。学校でも私の授業でここまで真剣にノートを取っている生徒は少なかった。一瞬、慶介がヤクザであることなど忘れてしまいそうになる。

「玲奈」

慶介がノートから顔を上げ、私に語り掛ける。

「なあに？」

「ありがとう」

エアコンがちっとも効いていない。私の体温は、さっきからずっと上がりっぱなしだった。

5

フレンチのコース料理のデザートは、焼きプリンとバニラアイスだった。舌の上に濃厚な甘みが広がる。ホテル日航東京のレストラン。目の前のレインボーブリッジの夜景を見ながらのディナーだった。

いつも週末の授業が終わると、私は婚約者の中本孝之《なかもとたかゆき》と待ち合わせて食事をする。

大手の商社に勤めている孝之は、エリートビジネスマンの典型のような男だった。

一流と言われる大学を出ていて、政治や経済の知識はもちろん、映画や音楽、それに文学や演劇など、幅広く教養を身につけていた。会話もウイットに富んでいて、凄く楽しい。ワインなどの酒は好むが、煙草やギャンブルはやらない。着ているスーツはいつもブランド物だったし、時計もロレックスやオメガをいくつか持っていてローテーションしていた。

平日は残業と接待で忙しくしているようで、私達が会うことはほとんどない。だから毎週末、私達は必ず一緒に食事をした。それが付き合い始めた当初から、もう二年以上も続いている。

出会いは友人の紹介だった。初めから、恋愛という感覚は薄かった気がする。気さくで話しやすい孝之の性格に心を許し、気がつくと周囲から恋人と呼ばれる関係になっていた。

食事を終えると、孝之が先に立ってロビーに向かう。

「今夜も泊まれるんだろう？」

孝之の言葉に、私の身体は凍りつく。自分でその反応に驚いた。

愛する婚約者の孝之と週末に食事をして、その後にホテルに泊まってセックスをする。そのまま翌日の休日は映画を観たり、ショッピングをしたり、ライブハウスに行ったりする。

　それは孝之と私が付き合い始めてからずっと繰り返してきた週末の過ごし方のはずだった。それなのに私の身体が彼の言葉に固まる。いや、固まってしまったのは心の方で、その器である肉体がそれを敏感に映し出しただけなのかもしれない。

　バルコニーに出て、孝之に背を向けるようにして夜風を受けていた私の身体を、彼が背後から抱き締めた。目の前にレインボーブリッジと東京タワーの夜景が広がる。

　孝之の唇が私の項《うなじ》を這っていった。ブラウスの上から両方の乳房を鷲掴みにされる。慣れ親しんだ快楽に肉体が反応してしまう。性器から滲み出した潤みが、下着を汚していくのを感じた。羞恥に頬が火照《ほて》る。

　ブラウスの裾を割り、孝之の手が入ってきた。その手がゆっくりと私の素肌の感触を味わうように撫でながら、ブラジャーのカップを押し上げる。次の瞬間、力強く乳房を揉まれた。

「くっ！」

「痛いかい？」

　乳房を突き抜ける痛みに顔をしかめながらも、私は首を横に振った。

「大丈夫」

　体温が上昇する。鼓動が高鳴る。苦痛と快楽はいつだって背中合わせだ。それをわかっていて、孝之は私の身体を嬲っていく。いつものペースに、私の肉体が堕ち始める。

「ここじゃあ、誰かに見られちゃう」

すぐ下の道路には、客待ちのタクシーが何台も停まっていた。

「玲奈のいやらしい姿をみんなに見てもらおうよ」

淫《みだ》らな言葉が、孝之の前戯であることはわかっている。それでも悔しいくらい私の身体は反応してしまう。

スカートを捲《まく》り上げられ、下着を膝まで下ろされた。恥ずかしさに俯くと、自分のアンダーヘアが視界に入る。その向こうに下の道路を歩いている人達の姿も見える。

「ああっ」

孝之の指が濡れた包皮を捲り上げ、クリトリスを剝き出しにした。夜風に触れたクリトリスは、すぐに痛いくらい勃起して膨れ上がる。それを彼の中指が押し潰した。

「玲奈、凄いよ」

「ううっ、いや。だめっ」

孝之の指が激しく円を描くように動く。息ができない。視界が狭《せば》まる。レインボーブリッジがぼやけて見えた。

「凄く濡れてる」

止めて。お願い。私の身体に触らないで。

心の中で私が叫ぶ。靄《もや》が掛かり始めた意識の中で、慶介の顔が浮かんでは消える。孝之の指を拒絶したいと本気で思っているのに、私の身体は彼の愛撫に平伏してしまう。

「入れるよ」

いつの間にファスナーを下ろしたのか、勃起したペニスが私のお尻に押し付けられた。あまりの熱さに、それが人間の身体の一部であることがとても信じられない。

「だめ。ここじゃ、いや。お願い、シャワーも浴びてないし」

「俺は玲奈の汗の匂いを嗅《か》ぐと興奮するんだ」

孝之が私の背中にキスした。指先が震える。

「せめて、ベッドでしてください」

「だめだ」

背後から孝之が入ってきた。

「あああっ」

火傷してしまうのではないかと思えるくらい熱いペニスが、背後から私の中に深く打ち込まれる。孝之が動く。たくさんの波が押し寄せる。

私はバルコニーの手摺《てすり》を摑んだ自分の手を強く嚙んだ。そうしていないと大きな声が肉体から溢れ出してしまう。ここは十二階だった。すぐ下には見知らぬ人達が歩いている。

「玲奈、いいよ」

私の耳朶《みみたぶ》を口に含みながら囁《ささや》く孝之の声が、媚薬のように私の肉体を溶かしていく。

「ああああっ」

孝之の腰の動きが激しくなった。私の身体も、快楽に向かって無意識に動く。

「玲奈、このまま中に出すよ」

「で、でも……」

「来月には結婚するんだ。もう、いいだろう」

「あああっ、だけど……」

「ああっ、いくぞ！　うっ、いく！」

私の中で孝之の性が爆発する。その迸《ほとばし》りを感じて、私も絶頂に引きずり込まれた。

「ああっ、いくっ！」

6

この一ヶ月、慶介は本当に優秀な生徒だった。私の伝えようとしたことをまるで真綿が水を吸収するかのように理解していった。出した宿題も完璧にこなしていたし、授業前の予習も決して怠らなかった。

　現在の私の学校の生徒に、慶介ほど真剣に授業に取り組んでくれている子は一人もいないと私が憂鬱になるくらいだった。

「宿題だった長文のここの訳だけど、これでいいのかな？」

　慶介が私を見つめる。まっすぐな視線。私の胸がざわめく。

「慶介って、凄いね」

「俺が、凄い？」

「だって、こんなに一生懸命勉強してる」

　慶介の深い紫色の瞳に、私が映っている。

「失《な》くした自分を取り戻したいんだ」

「失くした自分？」

「周りの人間との関わりで形作られる自分も確かにあるけど、やっぱり自分の記憶や意識や意思が自分の存在の証明になる気がする」

「慶介」

「あのとき、俺は逃げた。だから逃げ出したその場所にもう一回、戻りたいんだよ。たとえもう取り返しがつかなかったとしてもな。だから、玲奈には本当に感謝してる。お前のおかげで、俺はこんな気持ちになれたんだから」

「慶介」

私は彼の名を繰り返し口にする。胸が締め付けられる。

「玲奈。もし良かったら、これからもずっと、俺に勉強を教えてくれないか？」

慶介が私の手を握り締めた。その手の上に私の涙の粒が滴《したた》り落ちる。

「慶介、ごめん」

泣き出した私を、慶介が怪訝そうな顔で覗き込む。

「そうだよな。そんなこと、迷惑だよな」

「違うの。そうじゃないの……」

私は彼の手を強く握り返しながら、もう堪《た》え切れず号泣した。涙が洪水のように溢れる。

「いいんだ。ごめん、今のことは忘れてくれ」

「違うの。ごめんね、慶介。私、来週の日曜日に、結婚するの」

「えっ？　そ、そうか。結婚するのか。なんだ玲奈、そんないい人、いたんだ。ごめん、気がつかなくて。よかったじゃないか。おめでとう」

「慶介……」

「じゃあ、授業も今日が最後だな」

「ごめんね」

「玲奈は凄いな。ちゃんと自分の人生を生きてる」

ううん。私は全然凄くなんかない。一番言いたいことが言葉にできない。いつだって、一番大切なことが言えない。


明日は結婚式だった。私は自分のマンションで最後の夜を一人で過ごしていた。

孝之が買ってくれたウェディングドレスが、目の前に掛かっている。明日はこれを身に纏《まと》い、私は孝之の妻となる。両親も友達も同僚も、みんなが祝福してくれる。私は私の幸せを摑むのだ。

ウェディングドレスを見ながら、ソファに身を横たえた。キャミソールを捲ると、ブラジャーをしていない乳房が露になる。左手で左右の乳首を交互に刺激する。

目は閉じない。私はウェディングドレスをじっと見つめる。

スカートを捲り、ショーツを太腿まで下ろす。性器に触れると、すでにそこは熱く火照っていた。中指をゆっくりと沈める。私の中から、欲望の潤みが溢れ出す。

「あぁっ」

声が漏れる。私はそれを我慢しない。中指に薬指を添え、沈める指を二本に増やす。

「くっ」

身体が勝手に跳ねた。歯を食い縛って、肉体を翻弄するうねりに対抗する。それがかえって、私の欲望を募らせた。私は激しく指を動かし、自分の快楽を絶頂に導く。

「ああっ、慶介」

声に出してみて、はっきりと自分の思いに気がつく。だけど、それはどうにもならない思いだ。だから私はオナニーをする。

指を三本に増やす。限界まで指を動かす速度を上げる。もう目を開けていることができない。息が苦しい。

「ああっ、いい。慶介！」

私は慶介の名を叫びながら、絶頂に達した。

＊

挙式まであと一時間だった。ホテルのドレッサールーム。鏡の向こうに、メイクを終え、ウェディングドレスに身を包んだ私がいる。

「本当に綺麗な花嫁さんだこと」

仲人をお願いした孝之の会社の上司の奥様が、鏡の中の私を見て、目を細めている。

美しく着飾った私。まるで別人のようだ。

いいの？

私の中で声がする。私の笑顔が引き攣《つ》る。私は心の声を打ち消そうと、目を閉じ、首を振った。

その時、手元に置いたハンドバッグの中の携帯電話が鳴った。私は慌てて発信者名を確認する。

慶介だ。

たっぷりと二秒間、迷う。人生で一番長い二秒間だった。意を決して、私は電話に出た。

「もしもし、どうしたの？」

〈ごめん。こんなときに。ただ、最後にもう一度だけ、声が聞きたくて〉

声が変だった。私の中で確かな疑念が湧き上がる。

「何か、あったんでしょう？」

〈大丈夫だ。俺のことはどうだっていい。それより、幸せになれよ。授業、楽しかったよ。ありがとう。それだけ、言っておきたくて〉

「待って。切らないで。今、どこにいるの？　何があったの？」

〈…………〉

「慶介、お願い。ちゃんと話して！」

メイクさんや仲人さん、そして私の母が私の様子に、みんな驚いた顔をしている。

〈竜神会の組長を刺しちまった。追われてる。俺はもうだめだ。最後にもう一度、お前の声が聞きたかった〉

「何言ってるの！　どうしてそんなことしたのよ！　失くしたものを取り戻すんじゃなかったの！」

〈すまない……〉

「今、どこにいるの？」

〈もう授業は終わったんだ。俺にはかまわないでくれ〉

「何言ってるの！　そんなこと、できるわけないでしょう！」

私は叫んだ。

〈玲奈〉

「慶介。どこにいるのか、いいなさい！」

〈ホテル日航東京〉

奇跡か、それとも運命なのか。私が今から挙式をするホテルだ。今、慶介が同じ建物の中にいる。私は立ち上がった。

「部屋は？」

〈一三三〇号室〉

次の瞬間、私は駆け出していた。みんなが私を止めようとする。私はそれを全力で振り切る。ドアを開けて通路に出ると、孝之が立っていた。私の様子に驚いた顔をしている。

「孝之、ごめんなさい。私、結婚できなくなっちゃった」

「玲奈。何を言ってるんだ」

孝之が私の腕を摑む。

「ごめんなさい！」

私は孝之の身体を突き飛ばし、走り出した。


エレベーターを降りると、慶介の隠れている部屋まで走った。ウェディングドレスの裾を踏んでしまい、何度も転びそうになる。それでも走った。

ドアを叩く。ドアが開き、慶介が顔を出した。私は彼の胸に飛び込む。

慶介が私を強く抱き締める。私も彼の身体を絶対に離すまいと、強く抱き締める。苦しくて苦しくて顔を上げると、唇を塞がれた。夢中で彼の舌を吸う。

「慶介。慶介。慶介」

慶介が私のドレスの胸元に顔を埋め、乳房にキスをしてくれた。私は慶介の頭を抱えながら、必死になって彼の名前を呼び続ける。

「玲奈」

「もっと強く抱いて」

彼のズボンのベルトを外し、ズボンと下着を一緒に下ろす。跪いて、目の前のペニスを口に含む。ペニスはすでに思いを漲《みなぎ》らせていて、その先端が私の喉の奥まで届いた。それでも私は夢中になって、さらに奥深くまで飲み込もうとする。

舌が火傷しそうなほど、慶介のペニスは熱かった。私は苦しいのに、もっともっと深く飲み込みたくて仕方なくなる。涙が溢れた。

慶介が私を抱きかかえ、ベッドに運ぶ。

「ドレスが皺《しわ》になっちまうな」

「もういいの。このまま、して」

慶介がドレスの裾を捲り、私の下着を脱がした。そして勃起したペニスを、私の性器に沈めてくれる。

「ああっ、慶介」

「玲奈」

もうどうなってもいい。ただ、彼が欲しかった。狂ったようになって、お互いに腰を振り続ける。二人の上げた声が、部屋中に飽和する。溶け合った互いの性器によって、二人は一つになる。

「もっと、もっと犯して」

「おおおっ、玲奈」

「凄い。ああっ、いきそう」

「うおおおっ」

慶介が私の中に射精する。熱い。私はもっともっと彼の精液が欲しくて、さらにペニスを性器で締め付けた。彼のペニスを感じる。

「あああっ、いくっ！」

私は慶介の腕の中で、意識を失った。


どれくらい時間がたったのだろうか。窓からは夕日が差し込んでいた。

「どうしてそんなことしたの？」

「組同士が抗争になったんだ。俺の役回りとして、やるしかなかったんだ」

「これからどうするの？」

「しばらく身を隠して、それからフィリピン辺りに、ほとぼりが冷めるまで何年か行ってるさ」

「自首して」

「それは無理だ」

「失くしたものを見つけるんじゃなかったの？　自分の存在証明は自分の意思だって、私に言ったじゃない」

「…………」

「私、待ってる。何年だって、慶介のこと、待ってるから。だから、自首して」

「玲奈」

「ねえ、慶介。十年前、私は慶介を止められなかった。今度は絶対に止める。私のすべてをかけて、あなたを止める。そして、二人でもう一度、あの日からやり直そう」

慶介がその場に泣き崩れた。こうやって言ってくれる人を、彼はずっと待っていたのだ。十年掛かったけど、私もやっとそれが言えた。

「わかった。玲奈の言うとおり、自首する」

「私、ずっと待ってるから」

「ありがとう」

慶介が私を強く抱き締め、そしてキスした。私もそれに応える。深く長いくちづけを交わす。何度も、何度も、キスを繰り返した。

「じゃあ、俺、行くよ」

「警察まで一緒に行こうか？」

「大丈夫だ。俺一人で行くよ」

「うん」

「玲奈」

「なあに？」

「ウェディングドレス姿、綺麗だよ」

「もう、慶介ったら」

慶介が笑顔で私を見つめる。

「玲奈、ありがとう」

「うん」

慶介が部屋を出て行った。私は彼の背中を見送った。

窓を開けて、バルコニーに出た。夏の夕暮れ時の風が、汗を掻いた肌を舐めていく。

下を見ると、慶介が歩いていた。振り返ると私の方を見上げて、手を振ってくれる。私も大きく手を振り返した。

遠目にも彼が笑顔なのがわかった。心からの笑顔。十年前、準決勝のマウンドで見た笑顔と同じだった。

次の瞬間、黒いスーツを着た五人の男達が慶介を取り囲んだ。それぞれが手に光る細長い物を持っている。全員が一斉に慶介に身体をぶつけるように、当たっていった。慶介の動きが止まる。

「玲奈！」

慶介が全身の力を込めて、私の名を呼んだ。

男達が慶介から離れ、一斉に走って逃げていく。慶介がその場に崩れ落ちた。辺りにバケツの水をぶちまけたような、黒い染みが広がっていく。

「いやぁぁぁぁ！」

私はバルコニーに座り込み、倒れたまま動かない慶介を、いつまでも見つめていた。

最後の恋

1

渋谷のハチ公前で、男と待ち合わせた。ケータイの出会い系サイトで二時間前に知り合ったばかりの男だ。

そういう男と会うときは、できるだけ歳の離れた相手を選ぶことに決めていた。若い男は性的に性急だし、乱暴でしつこいケースが多かったから。その点で年配の男だと短い時間であっさりと解放されることが多いし、後腐れがなくてよかった。

今夜の待ち合わせの相手は、どう見ても五十代半ばのくたびれたおじさん。ケータイメールでは三十代後半のテレビ局のディレクターと言っていたが、とてもそんな風には見えない。名前はもちろん、年齢も職業もすべて嘘だろう。恐らくは地方公務員か中小企業の中間管理職だ。

「これから、どうしようか？」

することは決まっているくせに、ほとんどの男が最初はそういう言葉を口にする。

「私の知ってるホテルでもいいですか？」

単刀直入に切り出してあげると、少し安心した様子ながら、まだ心配な顔も隠し切れない。

「大丈夫ですよ。道玄坂ではかなり安い方のホテルですから」

「いや、俺は別にどこでもいいんだけどね。君がそこがいいって言うなら、そこにするか」

少し落ち着きを取り戻した男を連れて、渋谷の交差点を渡る。たくさんの人々が互いに行き交う。私はこれからこの男とセックスをする。

ホテルに入ると、男の態度が急に尊大になった。どの男も決まってこうなる。

ラブホテルという二人きりの空間。後腐れのない性的な関係。どんなつまらない男でも、そういうことが自分を急に大きくなったように感じさせるのだろう。不思議な勘違い。

「シャワーはどうする？」

「私はどっちでもかまいません」

「じゃあ、浴びないでこのままようか」

男の無骨な手が、私の身体に触れる。煙草臭い息。首筋を生温《なまぬる》い舌が這う。後ろ向きにさせられた。壁に手をつかせられる。背後から抱き締められた。

「俺は後ろからするのが好きなんだ」

キャミソールがたくし上げられ、ブラジャーのホックが外される。男の手が両方の乳房を鷲掴みにした。節くれだった太くて短い指が、私の乳首を弄《もてあそ》ぶ。

「ああっ」

「着痩せするんだな。こんなにおっぱいがでかいとは思わなかった。いやらしい身体だ」

「そんなにしたら、恥ずかしいです」

身体の中心を電流が駆け抜け、全身が痙攣《けいれん》を始める。男の指に翻弄され、私の身体が勝手に歓喜の声を漏らす。

出会ったばかりの見知らぬ中年男。愛情の欠片《かけら》もない。それでもそんな男の愛撫に感じ、興奮する。

乳房への執拗《しつよう》な愛撫が続く。男は五分以上も、背後から胸を揉み続けた。顔を見られずにすることを好む性癖。元々、女を金で買うような男だ。その自信のなさが行為にも出るのかもしれない。そんな安っぽい男に、私は自分の身体を好き放題にされている。

やがて男の手が下へと降りていき、スカートの中に侵入してきた。すぐにショーツを下ろされ、二本の指が性器の中に押し入ってくる。クリトリスとヴァギナを交互に弄ばれながら、耳朶《みみたぶ》をしゃぶられた。

「ああっ、いやっ！」

我を忘れるような快楽に、腰が勝手に動いてしまう。お尻に勃起した男のペニスが当たる。きつく目を閉じ、快楽の波に身を委ねた。ベルトを外す音。背後で男がコンドームを装着している気配を感じる。

「立ったまま、入れてやるからな」

髪を摑まれ、無理やり顔だけ後ろを向かせられた。強引にキスされる。舌を吸われ、唾液を飲まされた。クリトリスを摘み上げられる。

「んんん！」

「いくぞ」

背後から、欲望に漲《みなぎ》ったペニスに貫かれた。圧迫感に吐き気がする。

「はうっ！」

「すげえ濡れてるな。ぐちゃぐちゃだ」

男が激しく腰を振り続ける。項《うなじ》に男の荒い息が掛かる。乳房を握り潰される。背後から壁に押し付けられたまま、私は見知らぬ中年男に犯される。それもお金で買われてだ。

「ああっ、だめっ！」

「ううっ、蕩《とろ》けちまいそうだ」

「ああっ、もう……」

「もう、なんだ？」

男が耳朶を舐めながら囁く。

「いきそうです」

私の声に、男も動きを速める。

「おおおっ、俺もいきそうだ」

「あああっ、いきます！」

「うおおっ、いくっ！」

私の背中に顔を埋めるようにしながら、男が射精を始めた。私の中で男のペニスが欲望を吐き出し続ける。私も身体を痙攣させながら、その場に崩れ落ちた。


ネクタイを締め終えると、男は財布から数枚の一万円札を抜き出してテーブルの上に置いた。約束した額。私のセックスの値段。

「なんで君みたいな美人がこんなことしてるんだい？」

「そんな、私なんてたいしたことないです」

「そんなことないさ。モデルや芸能人だって、君ほど綺麗な子はいないと思うよ。こんなことしなくても、君だったらいくらでもお金を稼ぐ方法があるんじゃない？」

私は一万円札を財布にしまいながら、男を見上げて言った。

「セックスが、好きなんですよ」

「えっ？」

男が驚いた顔をしている。私は心の中で舌を出して笑う。

外見の美しさに惑わされて大金を払う馬鹿な男達。そんな男達の顔を見ることが、私は嫌いではなかった。身体を売る理由の一つは、たぶんそういうことだ。

私の周りを見渡せば、ように生活費を稼ぐのが理由という子は珍しい。大抵の子は、MDMAなどのドラッグ欲しさに援助交際をしていた。

六本木のクラブに行けば、そういう女の子がたくさんいた。どの子もドラッグを手に入れるために、簡単に男と寝ていた。なかには売人と直接セックスをしている子もいるようだった。そんな女の子達の多くは、リストカットなどの自傷行為から逃れられないでいた。

クラブの女性用トイレで、剃刀《かみそり》を使って手首を切っている子を見たことがある。鋭い痛みに顔を歪めながらも、彼女はどこかでほっとしているように見えた。

それを見て、怖くなった。私だっていつ自分の手首を切り刻むかわかったものではない。まだなんとか、リストカットまではしていないだけだ。

見知らぬ男に身体を売るという行為。その嫌悪感にあえて身を投じるのも、リストカットと同様に、自傷行為なのかもしれない。

そう、私は心に闇を抱える女だった。子供の頃からずっとそういう闇の世界で生きてきた。

それが私の人生だと諦めてきた。

人は決して平等ではない。生まれたときから、それぞれの幸せの分量は決まっている。何もしなくてもちゃんと幸せになれる子もいれば、どんなに努力しても苦労と不幸が押し寄せてくる子もいる。

そして間違いなく、私は後者だった。いくら待っていても、誰も幸せになんてしてくれない。自分の幸せは自分自身で摑まなければならない。たとえ他人の幸せを奪い取ってでも。

物心ついたときから、私はそんな風に考える子だった。私の心は、悲しいくらい酷く歪んでいたのだ。

＊

子供の頃から、私は美しい少女だった。地上に舞い降りた天使だと言われた。いつだって周りの大人達は、競い合うようにして私の美しさを褒め称《たた》えた。

透き通るような白い肌。細くまっすぐに伸びた手足。湖の底のように静かな色を秘めた大きな瞳。甘い香りを漂わせるような漆黒に輝く長い黒髪。

私の美しさは贔屓目《ひいきめ》なしに、周囲の子供達の中で飛び抜けていたと思う。だからと言ってそれが人生の幸せと結びつくとは、必ずしも限らない。少なくとも、私の場合はそうだった。

人並み外れた美しさを持ったことが、そもそも私の不幸の始まりだったのかもしれない。

私の家は母子家庭だった。本当の父は、私が生まれてすぐに亡くなったそうだ。癌だったと聞いた。しかし、何の感傷もなかった。わずかに残った古い写真の中でしか見たことのない父親に、それ以上の興味は持てなかった。

「どうしてうちにはお父さんがいないの？」

それでも小学生の頃は、何度かママに聞いてみたことがあった。

「死んだからに決まってるだろ」

いつも、ママはめんどくさそうに、そう答えた。

水商売をしていたママは、いつだって忙しい。場末の小さなスナックを営んでいたママは、昼間は疲れていて不機嫌だった。

ママからは化粧と強い香水の匂いがした。私はその匂いが嫌いだった。だから、ママに甘えた記憶はあまりない。

夕方から深夜遅くまで、ママは店に立ち、娼婦のように肌を露出した服を着て、酔った男達に媚《こび》を売った。

もともとはママも美しい女性だったのだと思う。私の美しい顔立ちは、若い頃のママに良く似ているらしかった。しかし、女が一人で子供を養っていくということは、決して楽なことではない。闘病の末に亡くなった父の医療費は、そのままそっくり借金として残っており、それを返しながら私を育てていくことに、ママは疲れ切っていたのだろう。

だからいつも不機嫌だった。

寂れた繁華街の片隅に、埋もれるようにある細い路地。酔客の吐しゃ物や小便の臭いが漂うその路地は、昼間でも薄暗い。派手なピンクのネオンの風俗店と、つぶれてシャッターを下ろしたままの居酒屋に挟まれた小さなママの店。

そこは古くて狭い貸し店舗で、五人掛けのカウンターとテーブル席が二つあるだけ。安物のウイスキーと乾き物くらいのツマミしか置いていないつまらないスナック。常連客と言えば、安っぽいドレスを着たママの胸の谷間に、酔った勢いで手を滑り込ませてくるような下品でくだらない男達ばかり。

ママがそんな男達に酒を売ることによって、私達親子は生活をしていた。

子供の頃、いつも私が学校から帰宅するくらいの時刻になって、ママはようやく起きてきた。ひどく不機嫌な顔。スリップ姿のまま、起き抜けに煙草に火をつける。

「ママ、お酒臭いよ。飲み過ぎは身体によくないよ」

「うるさい！　誰のおかげでそうやってのんきに学校に行けると思ってんだ」

ママの身体を心配する私に、ママは灰皿を投げつける。灰皿が額にぶつかる痛み。畳の上に散らばった吸殻と灰を、黙って拾い集める。零れそうになる涙をぐっと堪《こら》える。私は泣かない子だった。どんなに辛いことがあっても、決して泣いたりしなかった。泣いても、どうせ何も良くなったりしないことを知っていたから。

高校の入学式の朝のことを、私は今でも鮮明に覚えている。新しい制服。私の学校は、白いスカーフを巻いた紺色のセーラー服だった。うれしくてうれしくて、何度も鏡の前で身体を回転し、スカートをふわりと翻《ひるがえ》した。広がったスカートから、白くまっすぐに伸びた細長い脚が剝き出しになる。すでに大人への階段を上り始めた私の身体に、制服はとてもよく似合った。普段はあまり笑わない子だった私も、この日ばかりは笑顔を振りまいた。

「何がそんなにうれしいのかねぇ」

二日酔いなのに、朝から外出のしたくをしなくてはならないママは、ひどく不機嫌だった。朝の光の中で見るママの濃い化粧が、なんだか彼女をかわいそうな女に見せる。

「ママ。私、高校生になるのよ。いっぱい勉強して、学校で一番になるよ」

ママを喜ばせたくて、笑顔で答える私。ママが煙草に火をつける。

「馬鹿だね、お前は。頭のいい女なんて、男に敬遠されるだけさ。男はね、誰だって女が自分より馬鹿な方がいいと思ってるんだ。男っていうのは、そういう生き物なのさ。だから女は馬鹿で可愛ければ、それでいいんだよ」

ママ、それは違うよ。女はね、ほんとうに馬鹿じゃだめなんだ。男を欺《あざむ》く知恵を持っていながら、馬鹿なふりをするのがいいんだ。だから私は学校でいっぱい勉強する。そして、絶対に幸せになってやる。どんなことをしたって、必ず幸せを摑むんだ。ママのようにはならないよ。

「そうだね、ママ。私ももっと可愛くなるようにする」

そう言った私を、目を細めるようにして見ていたママの顔つきが変わった。まだ吸いかけの煙草を、静かに灰皿に押し付ける。

「お前もそろそろうちの店の手伝いをしてもいい頃だねぇ」

一瞬で笑顔が凍りつく。その言葉は、私の最も恐れていたものだった。

店の手伝いをさせられる。あの薄汚い店で、くだらない男達の酒の相手をさせられるのだ。

「まだ早いんじゃない？　私なんかお店に出たって、お客さん達はつまんないだけだよ」

「いや、お前ももう女として、けっこうイケる感じになったよ。背だってあたしといくらも変わらないじゃないか。あたしのドレスを貸してやるから、今夜から店に立ちな。なあに、酔っ払いのオヤジ達に身体を摺り寄せて、手の一つも握ってやれば、お前ほどの器量だ、みんなすぐにボトルを入れてくれるよ」

私は青ざめた顔でママを見た。ママは満足そうに笑っていた。本気だと思った。ママは本気で私をホステスにする気だ。

「でもね、ママ。高校生がホステスの仕事なんて、まずいと思うわ」

絶望的な気持ちになりながら、私は最後の抵抗をしてみる。どうせ無駄だとはわかっていたけれど……。

「何を言ってるんだ。八百屋の娘なら小学生だって店の手伝いをするだろう？　魚屋の娘だってそうさ。店に出て魚を売るのは家族なら当然だ。スナックの娘がホステスをして酒を売るのは、立派な親孝行だろう」

「野菜や魚を売るのと、胸や脚を出してホステスをやるのとは違うよ」

ママの顔がとたんに険しくなる。眉間の皺《しわ》が鼻先まで掛かるのは、本気で不機嫌な証拠だ。

私は言い過ぎたことを後悔し始めていた。

「違うもんか。それじゃ何かい。お前はカボチャやサンマを売るのはよくて、酒を売るのは卑《いや》しいとでも言うのかい？　お前はそんな目であたしのことを見ていたんだね。そうやっていつもあたしのことを馬鹿にしてるんだろう」

ママがポロポロと大粒の涙を零しながら、絨毯《じゅうたん》の上に身体を投げ出した。まるで駄々をこねる子供のようだ。そのまま洟《はな》を啜《すす》りながら泣き出す。

入学式の時間が迫っていた。このままでは遅れてしまう。私はママの肩に手を掛けて、その身体を起こしてやる。涙で塗りかけのマスカラが流れ、ひどい顔になっていた。

「ママ、私やるよ。今夜からママのお店を手伝うから。私、ママの仕事を馬鹿になんてしてないよ」

私の言葉を聞いたとたん、ママは急に笑顔になった。さっきまで泣いていたのが嘘のように、明るい顔で立ち上がる。

「そうかい、やってくれるんだね。美貴が素直ないい子で、ママはとってもうれしいよ」

そういいながら、ママはクローゼットの中から自分の仕事用のドレスを何着か取り出してきた。

「美貴に似合いそうなやつをいくつか選んだから。しばらくはこれで店に出ておくれ」

ママからドレスを受け取った。

胸や背中が大胆に開いたものばかりだった。どれを着てもとてもじゃないが、下着はつけられそうにない。驚くほどミニ丈のものもあれば、深くスリットの入ったものもあった。

鏡の前で自分の身体に当ててみる。新しいセーラー服を身に纏《まと》った私が、ひどく淫《みだ》らなドレスを持って立っている姿が、鏡の中にある。笑顔が引きつっていた。肩越しにママが覗き込んでくる。

「うん、とっても可愛いわね。さすがに美貴はママの子だ。どんな服でもよく似合う」

どんなひどい人生だって、受け入れなくてはいけない。仕方ないのだ。これが私の人生だ。

私はつぶやく。どうでもいいや、私なんて。


入学式が終わると、クラス発表があった。

体育館の壁に張り出されたクラス別の名簿の前に、たくさんの生徒が集まっていた。

同じ中学校から来た者同士なのだろうか。手を取り合って喜んでいる女の子達もいる。きっと同じクラスになれたのだろう。

私は中学校卒業と同時に、ママのお店の近くのアパートに引っ越していたので、この高校に知り合いは一人もいなかった。

賑やかな生徒達の中に、一人ぽつんと立ち尽くす。大きなチャート紙の上に自分の名前を見つけた。

一年二組。別にどうでも良かった。高校で友達など作るつもりはなかったから。

中学でもずっとそうだった。私は友達なんていらない。

学校でも放課後でも、親しい友達付き合いなどまったくする気はなかった。そもそも友達の家に遊びに行くことが苦手だった。

とくに週末。平日ならともかく、土曜日と日曜日にクラスメイトの家に行くことが大嫌いだった。週末は、その家に「父親」がいたからだ。

大人の男の人が家にいる違和感。

幸せそうな家族の一体感。それはどんなに私が求めても、絶対に手に入れることのできないものだった。

母一人子一人の家族。もちろん私の家には大人の男性はいない。家の中に大人の男の人がいるという感覚が、吐き気がするほど気味悪く感じられた。だから、何かと理由をつけて、週末は決して友達の家には遊びに行かなかった。

それでも一度だけ、日曜日に友達の家に行ったことがあった。小学校六年生の冬のことだ。クラスメイトの彩香《あやか》という子の家のクリスマス会に呼ばれた。

彼女なりに、母子家庭で貧乏だった私に気を使ってくれたのだろう。彩香はとっても優しい子で、いつも私のことを気に掛けてくれた。

私達は学校でも放課後でも、いつも一緒にいた。何でも話し合った。楽しみも悩みも。彩香のことが私は好きだった。

でも、クリスマスに彩香の家を訪れた瞬間、彼女への思いは変わっていった。自分でもそれがどうしようもできなかった。

彩香の家には私の家にないものがいっぱいあったから。それは絵に描いたような幸せな家庭の姿だった。

明るくて優しい両親。大きな赤い包装紙のプレゼント。赤い長靴に詰まったたくさんのお菓子。テーブルの上で湯気を上げている七面鳥。

そして、子供の私が最も欲しかったもの。きらびやかな電飾をつけたクリスマスツリー。

それをピンク色の絨毯が敷き詰められた彼女専用の部屋の隅に見つけた時、私の胸の中に、急激に冷たいものが広がっていった。何もかもが私には絶対に手に入れることのできないものばかり。中でもクリスマスツリーは、私にとって幸せな家族の象徴だった。

「美貴ちゃんにだけ、私の秘密を打ち明けちゃうね」

「秘密？」

パーティーの後で切り分けたケーキを食べながら、彩香が私の耳元で囁いた。小学六年生だろうが大人だろうが、女同士で秘密と言えば、それは恋の話に他ならない。彼女の瞳は輝いていた。

「私ね、好きな男子がいるんだ」

「誰？」

「裕幸だよ」

クラスで一番背の高い男子。運動が得意で、ひょうきん者で、そのくせわりと整った顔立ちをしているので、女子達の人気は高かった。しかし、私は好きでも嫌いでもなかった。そもそも恋愛そのものに興味がなかったのだ。

彩香が恥ずかしそうに笑っている。恋を語るだけで人は幸せになれるのだ。たいして可愛くもない友人。しかし、彼女には何もしなくても、たくさんの幸せが転がり込んでくる。裕福な家庭。素敵な人生。私には手の届かないもの。翌日の学校で、昼休みに裕幸を体育館の用具室に呼び出した。

彼が入ってきた。ドアを閉める。部屋には埃《ほこり》の匂いが満ちていた。跳び箱やマットやバレーボールがたくさん入った籠《かご》に囲まれるようにして、私は裕幸を見つめる。私達は二人っきりになった。

「なんだよ、用事って?」

裕幸が膨れっ面で聞いてきた。視線があちこちに泳いでいる。いつも大声を張り上げ、元気に振舞ってはいるが、本当は案外と気が弱い子なのかもしれない。

「ねえ、私のこと、どう思ってる?」

そう言葉にしながら、裕幸を妖しい目で見つめている自分を意識する。いけないと思う。

頭の中で危険信号が鳴っている。止《や》めろ。止めろ。でも、私は一番自分が可愛く見える角度で、さらに彼に一歩詰め寄っていく。

「どうって、別に……」

ただならぬ雰囲気に押されたのか、裕幸は俯《うつむ》いてしまう。爪先でマットの角を蹴っている様子がいじらしい。

「私のこと、好き？」

「な、なんだよ、急に」

「私は裕幸のこと、好きだよ」

裕幸が顔を上げる。照れた笑い。頬が真っ赤に染まっている。

「いいこと、してあげようか」

「いいことって？」

裕幸が期待と不安の入り混じった目で私を見つめる。

「大人の男と女がするようなこと」

「な、なんだよ、それ」

「キスしてあげる」

裕幸が唾《つば》を飲み込む音が聞こえた気がした。

「いきなり、なんだよ」

「したくないの？」

「そ、そりゃあ、したいけど」

「じゃあ、目を瞑って」

裕幸が目を閉じる。眉間に皺が寄るほど強く目を瞑っていた。緊張しているのだろう。それがおかしかった。

私は背の高い裕幸の両肩に摑まると背伸びをして彼の唇にキスをした。生まれて初めてのくちづけだった。

唇と唇を強く押し当てる。冬の体育館の寒さに冷え切った男の子の唇は、なんだか想像していたよりずっと硬くてつまらない感じだった。おずおずと裕幸の手が伸びてくる。ぎこちない動き。息が上がっていた。

右手が私の胸に伸びる。まだ膨らみ切らない硬い乳房が、セーターの上から恐る恐るという感じで摑まれた。全身が硬直している。私は黙って自分の胸を触らせた。

そのときだった。突然、用具室のドアが開いた。薄暗い用具室の中から、逆光になって一人の女の子が立っているのが見えた。彩香だった。私と裕幸の姿を見つけると、真っ青になって凍りつく。そしてみるみる目に涙を溢れさせた。

「美貴？　どうして？」

彩香が泣きながら、駆け出していった。その後ろ姿を黙って見つめながら、私は乱れた服を整える。戸惑う裕幸。私は一言もしゃべらない。

彼女を呼び出したのは、私だった。なんでそんなことをしたのか、自分でもわからなかった。ただ、壊してしまいたかったのだ。それ以来、私は友達を作っていない。


そのまま入学式会場の体育館を出て、一年二組の教室に向かった。教室に入ると、すでにクラスの半分以上の席に生徒が座っていた。後ろの席から埋まっている。私は空いていた一番前の席に座った。

高校では勉強をしっかりやるつもりだった。私には塾に行くお金も時間もなかった。だからせめて学校では一番勉強に専念できる環境がいい。席替えのときでも、「目が悪い」と嘘を言って、必ず最前列にしてもらうつもりだった。

「ここ、座ってもいい？」

ふいに声を掛けられた。

まるで声変わりしたばかりの少年みたいに少し擦《かす》れた男子の声。それでいて太くて、柔らかくて、どこか温かみのある声だと思った。私はその声の方に振り返った。

人懐っこそうな大きな目をした男の子が立っていた。初めて会ったばかりだというのに、まるで親友のように親しげに話し掛けてくる。なんだか懐かしい感じがしてくるから不思議だ。

「別に、いいけど」

「ありがとう。じゃあ座るよ」

彼が私の隣の席に座った。

サラサラの髪を時々指でかき上げるしぐさ。きっと癖なのだろう。その姿がまるで古い映画のワンシーンのように、周りの風景から切り取られていく。彼の姿から目が離せなかった。

「どこから来たの？」

私の無遠慮な視線に気づいたのか、彼が再び話し掛けてくる。ちょっと照れた笑顔。

「えっ？」

とっさのことに答えに戸惑う。彼が私の瞳を覗き込むようにして、もう一度繰り返す。

「どこの中学校から来たの？」

私に興味を示してくれた。たったそれだけのことがうれしかった。

まっすぐに私の目を見つめてくる。ドキドキした。

「桜ヶ丘から」

「桜ヶ丘？　それってどこ？」

「隣の市だよ」

とたんに人懐っこそうな笑顔を向けてきた。

「それってあの桜ヶ丘公園の近く？」

「うん、そう。桜ヶ丘公園の隣にあった中学校。卒業式のすぐ後に引っ越しちゃったけど、それまでは私も公園のそばに住んでたんだ。でも、何で知ってるの？」

「俺さ、小学校の頃から絵を習ってたんだ。それでよく写生に行ってたんだよ。あそこの桜は見事だからな」

「ふーん、ちょっと意外だね。なんだかスポーツ系って感じに見えるけど。サッカーとかバスケとかやってそう」

「うん、中学時代はラグビー部だった。中学でラグビーって珍しいだろ。ここの高校のラグビー部はけっこう強いんだぜ。だから俺はここを受験したんだ。でも、絵も好きで、ずっと描いてきたんだ。これでも県のコンクールで入賞したこともあるんだから。嘘じゃないぜ。けっこううまいんだ。よし、今度、見せてやるよ」

気づかないうちに、夢中でしゃべる彼の顔に見とれていた。不器用で、でも真っ直ぐな話し方。これっぽっちの嘘もない。

真っ黒に日焼けした逞《たくま》しい身体の彼が、絵を描いていることのアンバランスさがおかしかった。そしてそれがなんだか、凄くくすぐったく感じられる。

正直に生きている人なんだと、直感でわかった。私とは違う生き方をしてきた人。

いつの間にか私達はたくさんの話をしていた。男の子とこんなに会話をしたのは久しぶりだった。

友達なんて高校では作るつもりはなかった。ひたすらに勉強して、一流大学に特待生として奨学金を貰いながら行って、大手企業に就職して、玉の輿に乗れるようなお金持ちと結婚する。高校なんて、そのための踏み台としか考えていなかった。

彼が私に向かって笑い掛ける。無意識に私も微笑んでいた。

「凄いんだね」

「俺はラグビーも大好きだけど、絵も愛してるんだ。キャンバスに向かって筆を走らせている時は、最高に自分に正直になれる。絵ってさ、嘘をつかないんだ。そのときの自分の心をそのままに映し出してくれるんだぜ」

「心を、映し出す？」

「ま、まあな。ほんとは絵の先生が言ってたことの受け売りなんだけど」

彼がそう言って笑いながら頭をかく。まっすぐな人なんだぁって、思う。

「名前、聞いてないよね」

「あれ、そうだっけ？　俺、秋本。秋本直樹。春夏秋冬の秋に、読書する本。そしてまっすぐな樹」

「私は緑川美貴だよ。新緑の緑に山川の川。それに美しく貴いって書くの」

「美貴か、綺麗な名前だな。今度、俺の絵、見せてやるよ」

その一言に、心がときめいた。


高校の入学式の日の夜から、私はママの店に出た。

ママに借りたドレスを身に纏う。大胆に肌が露出した真っ赤なドレス。薄い生地の上で、キラキラと金色のスパンコールが輝き、まるでギャルのデコ電みたいに光って見えた。大きく開いた胸元からは、胸の谷間の下の方までが見えてしまう。背中は腰の辺りまで開いていた。もちろんブラジャーなんてできやしない。腰回りはぴったりと肌に張り付き、お尻のラインを露《あらわ》にしてしまう。

こんな格好でこれから毎日、酔っ払った男達の相手をしなければならないかと思うと、悲しくて涙が出そうだった。

でも、逃げることはできない。これが私の人生なのだから。

六時を過ぎるとお客さんが入ってきた。常連客のようだ。ママに促されて、お客さんを笑顔で迎える。見知らぬ若い女の子が出てきたので、そのお客さんは、ちょっと戸惑っているようだった。

「今日からここで働いてくれることになったミキちゃんよ」

ママが私を紹介する。オシボリを持って、その中年男性の隣の席に座る。

禿《は》げ上がってテラテラと光った額が気持ち悪い。大きくせり出したお腹は、まるでガマガエルのようだった。典型的な中小企業の社長さんという感じだが、これでもママのお店では上客の部類に入るのだろう。

「おお、ミキちゃんかぁ。凄い美人だな。それにママみたいなオバサンと違って、とびきり若いときてる。まるで高校生みたいに見えるぞ」

男はご機嫌な調子で、オシボリを受け取るふりをしながら、私の手を握る。私は仕方なく、自分の手を預けた。

「やだわ、山田さんたら。あたしだってまだまだ若いでしょ。あたし達、姉妹みたいじゃない？」

ママがおどけて男の腕を叩く。男はそれをうれしそうに見ている。

「いやぁ、確かにママも綺麗だけど、このミキちゃんはほんと凄い美人だなぁ。よし、決めた。今夜はこのミキちゃんとの出会いを記念して、ボトルを入れちゃうぞ」

「きゃー、山田さんありがとう」

ママが男に抱きついて、頬にキスをする。私はその光景を呆然《ぼうぜん》と眺めていた。

ママが男に気づかれないように、私を睨みつける。慌てて私も男の腕に抱きついた。無理やり笑顔を向ける。

男がわざと肘を胸に食い込ませてくる。グリグリと胸の先端を肘で揉まれた。身体を離そうとすると、再びママに睨まれた。諦めて、そのまま身体を男に預ける。そんな客が次々と続いた。

九時を過ぎると店はかなり込んでくる。

私は常連らしいお客さんの席についていた。さりげなく腰に回された手が、時々下に滑って、お尻を撫で回す。それに気がつかないふりをしながら、新しい水割りを作っていた。

店内には大音響のカラオケの音。泥酔したママが初老の客とチークダンスを踊りながら、デュエットをしていた。曲は演歌だった。

さっきから私のお尻を撫でているお客さんは、五十歳くらいのサラリーマン。緩めたネクタイの安っぽさが、役職の低さを感じさせた。うだつの上がらない窓際社員が、夜な夜なこのような店で鬱憤晴らしをするのだ。私のようなホステスは、そんな客にお尻を触られながら、我慢して笑顔を振り撒《ま》かなくてはならない。

そのとき突然、私がついていたお客さんが大声を上げた。

「この店は俺のことを馬鹿にしてんのか！」

すごい剣幕で怒っている。何がなんだかわからない。ママが飛んできた。

「どうしたんですか？」

「新入りだかなんだか知らないが、俺が煙草を咥《くわ》えたのに、いつまでも火をつけようとしないんだ！」

私は立ち上がって、頭を下げる。

「ごめんなさい。私、煙草を吸わないもので。ライター持ってなくて」

「お前が煙草を吸うかどうかなんて、聞いてねぇよ。俺が吸おうとしてるのに、何で火をつけねぇんだ！」

ママが私の間に入って、そのお客さんを取り成す。

「ごめんなさいね。まだ慣れてなくて。その代わり、この子に特別サービスさせるから。ねっ、ボトルもう一本入れてよ。飲み終わるまでずっとこの子をつけるわよ」

さっきまで顔を真っ赤にして怒っていたそのお客さんの顔が変わった。みるみるとスケベそうな笑みを浮かべる。

「ママがそう言うんじゃしょうがねえな。じゃあもう一本入れちゃおうかな」

そのお客さんは機嫌を直したのか、ソファに深く座り込む。新しいボトルを取りに行くママが、振り返り際に私に目で合図を送ってきた。仕方なく、お客さんに寄り添うようにソファに座る。

お客さんの手が背中に回った。剝き出しになった肌の上を、汗ばんだ手のひらが這い回る。その手が腋《わき》の下を通って、ドレスの脇から胸元に忍び込んできた。気持ち悪い。でも、さっきの件があったので、抵抗することもできずに、身体を小さくするように強張《こわば》らせた。

ママがボトルを持って戻って来たが、私の様子には気がつかないふりをして行ってしまった。それを機に男の手がさらに大胆になる。男の指が乳首を摘み、コリコリと転がした。耳元に煙草臭い息を吹き掛けながら、男が囁く。

「乳首が立ってるぜ。感じるのか」

私は身体を震わせながら、小さく首を振ることしかできない。

「手のひらに吸い付くような柔らかなおっぱいだ」

手を握られ、強引に男の股間に導かれる。ズボンの上から勃起したペニスを摑まされた。

「ああっ、気持ち良い。もう、我慢できねぇ。お嬢ちゃん、もっとイイことしようぜ」

男の手がスカートの中に伸びてきた。そこへやっとママが割って入ってくれる。

「はい、今夜はここまでよ。もっと楽しみたかったら、通ってちょうだいね」

「ちぇっ、イイとこなのによ。まあ、いいや。お楽しみはまた次回にとっておくか」

「そうよ。この子に会いにまた来てね」

ママが楽しそうに男に抱きついている。それをぼんやりと見つめる。

私はつぶやく。どうでもいいや、私なんて。

2

秋本君とはそのまま隣の席になった。最初に座ったときのまま、しばらくの間は席替えをしないことになったからだ。私はそう言った先生のその言葉に、密かに感謝した。

自分でもよくわからなかった。中学時代は異性に興味を持ったことなんかなかった。むしろ、恋愛なんてめんどくさいだけだと思っていた。それなのに秋本君のことは、どんなことでもすごく気になった。

どんな音楽を聴くのかとか、どんなテレビ番組が好きなのかとか、休日は何をしているのかとか、好きな食べ物は何なのかとか。

どれもどうでもいいことばかり。そんな自分が不思議だった。

中学時代の私は、男の子にはずいぶんともてた。学校で一番の美少女と言われ、ラブレターは毎日のように貰った。でも、そのほとんどは見もしないで、ゴミ箱に捨てた。恋愛になんか興味はなかった。私の生きる目的はそんなものではなかった。幸せになりたかった。ママのようにはなりたくなかった。そのために生きるのだ。

勉強して、良い高校に行って、良い大学に行って、良い会社に就職する。そして、お金持ちの男性を見つけて、結婚するのだ。

お金に苦労する生き方は嫌だった。こんな生活から早く抜け出したかった。幸いにして、私の容姿は美しかった。それを武器にして、生きていく。そう決めたのだ。

だから中学や高校での恋愛には、まったく興味がなかった。そのはずだったのに……。

授業中、ふと気がつくと、秋本君の横顔を見ていた。

日に焼けた褐色の肌に白い歯が眩しい。よく笑って、そしてよくしゃべった。彼の話を聞いているだけで、それがどんな話だろうが、なんだか楽しくなった。いつの間にか、私はよく笑うようになった。

「緑川、今日の放課後、なんか予定とかある？」

お昼休みに自分の机で図書館で借りた本を読んでいると、秋本君が話し掛けてきた。

「別に何もないけど」

「だったら、俺んちに寄ってかないか？」

「えっ？」

「いや、今日さあ、ラグビー部は練習が休みの日なんだよ。それで、前に約束してた俺の絵を見せてやるって話、今日とかどうかなって思って」

入学式のときのこと、秋本君は覚えていてくれたんだ。あれから一ヶ月近くたっていた。あんな話、もう忘れられていると思っていた。

もちろん、私の方は忘れてなどいなかった。だけど私の方から、そんなことは言い出せなかった。

でも、なんで私なの？

「うん、いいよ。秋本君の描いた絵、美貴も見てみたい」

声が一オクターブ高くなったような気がした。自分がそんな声を出したことが、なんだかすごく照れくさい。でも、不思議と悪い気はしなかった。

放課後、二人で並んで校門を出た。時々、肩や腕が触れ合う。なんでもないことに、すごくドキドキする。隣に秋本君がいる。それだけですべてが楽しく感じられた。

五月の新緑が芽吹きだした街路樹。すれ違うランドセルの小学生。塀の上の三毛猫。青空に広がる白い雲。横断歩道に響く歩行者用信号の音楽。

今までの人生の中で、気にも留めたことがなかったことが、どれも不思議と意味を持つようになってくる。すべてが秋本君のおかげだ。彼が隣にいてくれることがうれしかった。

「緑川、何をニヤニヤしてるんだよ？」

「えっ？　べ、別に……。ニヤニヤなんてしてないよ」

「してるよ。さっきからお前、ずっとニヤけた顔してたぞ」

私は真っ赤になった。

うん、きっと秋本君の言うとおり、ニヤけた顔をしていたんだと思う。でもね、それはみんな秋本君のせいなんだよ。秋本君が私をそんなふわふわとした甘い気持ちにさせちゃうんだよ。

「もう、変なこと言わないでよ。ちょっと思い出し笑いしてただけ。そんなことより、緑川って呼びにくいでしょ？　美貴でいいよ」

「えっ、ああ、そうだな。じゃあ、今度からそう呼ぶよ」

「うん」

すごくうれしかった。でも、秋本君はすぐには美貴って呼んでくれなかった。やっぱりちょっと照れくさいみたいだ。そんなところも彼の人柄を感じさせた。

「あっ。緑川、ちょっと待って」

小さな神社の前を通りかかったとき、秋本君が言った。やっぱりまだ、美貴とは呼んでくれない。そんな小さなことが、すごく引っ掛かる。

「どうしたの？」

私の問い掛けに対して、笑顔だけを返してくる秋本君。鞄からお弁当箱を取り出して、その蓋を開けた。中から残したオカズを取り出す。鶏のから揚げだった。

「それ、どうするの？」

「まあ、ちょっとな」

秋本君はそれを持って、神社の縁の下を覗き込んだ。私も一緒にしゃがみ込む。

秋本君が舌をチチチって鳴らすと、縁の下から一匹の子猫が出てきた。ミーミーと小さな声で鳴いている。

「かわいい！」

「こんなに小さいのに捨て猫なんだ」

秋本君が鶏のから揚げを差し出すと、子猫は何の警戒もなく、それを食べ始めた。

捨てられた子猫。自分だけで生きていかなくちゃいけないんだね。子猫に自分を重ね合わせる。

猫の頭を笑顔で撫でる秋本君のことを、私はずっとずっと見ていた。

秋本君の家は、七階建てのマンションの五階だった。４ＬＤＫの広めのマンション。まだ新しい。秋本君の部屋は六畳の洋室で、とても整理されて清潔そうだった。

私は部屋に通されて、少し落ち着かない。クラスメイトの家に来たのは、小学校六年生以来だった。

「コーヒー淹《い》れてくるから、ちょっと待っててな」

ベッドの脇に置いてある小さめのソファに腰掛ける。彼が出て行ってから、何気なしに部屋を見回した。

アイドルのポスターもなければ、ベッドの下にエッチな表紙の雑誌も隠していない。机の上は開いたままの参考書があるくらいで、きれいに整理されていた。本棚にはコミック本と一緒に、森鷗外や夏目漱石といった古典文学の文庫本もある。

秋本君がどんなにちゃんとした人なのか、それだけでもよくわかる。ママのスナックに飲みに来て、私のお尻を触っていくような、くだらないオヤジ達とはまったく違う。

窓のそばには三本足のイーゼルが立っていて、そこには描きかけのデッサン画があった。いけないとは思ったが、好奇心に勝てなかった。反対側に回って、その絵を覗き込む。

驚いた。そこには、私がいた。

薄手の半透明のドレスのようなものを纏って、裸足で草原を歩いている私。柔らかな陽光が降り注ぎ、幸福と慈愛に満ちた顔で微笑んでいた。

確かに私は美しい。どんなモデルにも負けないくらいの美少女だと自分でも思う。でも、それは外見だけの話。心の中には醜い闇をいっぱい抱え込んでいるのだ。

恵まれた子がいれば、妬《ねた》むのを通り越して憎んでしまう。自分に手に入らないものは、みんななくなってしまえばいいとさえ思う。他人を思いやる心の余裕なんて、これっぽっちもなかった。

それなのにこの絵の中の私は、どんな汚れたことにも一切関係ないというような、純粋で穢《けが》れのない笑顔を振りまいていた。

胸が痛かった。これは自分ではない。彼には、こんな風に見えるのだろうか。

「あっ、それ、見ちゃった？」

悪戯を見つかった小学生のように、秋本君はバツが悪そうに微笑んでいた。手にはコーヒーカップののったお盆を持っている。

「これ、私？」

「無断で描いて、ごめんな。勝手に絵を描かれたりしたら、気持ち悪いよな？」

ううん、そんなことない。全然、そんなことないよ。むしろこんなに風に描いてくれて、すごくうれしいよ。秋本君が美貴のことをそんな女の子に見てくれていたんだってわかって、涙が出るくらいうれしいよ。

秋本君が私の側に来る。デッサン帳を開いて、今まで描いてきた絵を見せてくれた。どれも美しい絵ばかりだった。

紅葉した山。テーブルの上の果物。犬の親子。野球をする少年。青い海と青い空。そして、その最後が描きかけの私の絵だった。

秋本君が急にまじめな顔で言った。

「美貴のこと、描かせてくれないか？」

最初、何を言われたのか、その意味がわからなかった。彼の言った言葉を頭の中で繰り返す。

秋本君が初めて私のことを名前で呼んでくれたのはうれしかった。美貴、という名前が、彼の声で発音されるだけで、なんだか特別なものに感じた。

「美貴をモデルに絵を描いてみたいんだ。だめかな？」

ずっと俯いていた私の顔を覗き込むようにして、秋本君が再びその言葉を口にした。少し心配そうな声。

秋本君って本当に好い人なんだね。

「ううん、全然嫌じゃない。嫌じゃないけど、私なんかでいいの？」

「美貴はすごく綺麗だよ。俺が今まで出会った女の子の中で、一番綺麗だ。いや、世界一綺麗だと思う。俺はそんな美貴を描いてみたいんだ」

私はね、秋本君が思っているような女の子じゃないんだよ。美しいのは顔だけ。心の中はちっとも綺麗なんかじゃない。友達の幸せを妬み、自分の不幸を嘆き、そして自分の人生を呪うような子なんだよ。それでもいいの？　それでも私のこと、描いてくれるの？

「ごめんなさい。やっぱりできない」

「そ、そうだよな。そんなの嫌だよな」

秋本君が寂しげに笑っていた。本当に好い人なんだと思う。

違うんだよ、秋本君。嫌なんじゃないんだ。私は秋本君の思っているような子じゃないんだよ。だからきっと、秋本君が本当に描きたいと思っているような絵は、私がモデルなんかじゃだめなんだ。

「ごめん、今の話、忘れてくれ。べ、別にどうしてもって思ってたわけじゃないから」

秋本君、本当にごめんね。

私は心の中で手を合わせる。その後はぎこちない会話が続いた。気まずい空気が漂う。

私は怖かったのだ。秋本君の絵はどれもその本質を、観る者に訴えていたから。

紅葉した山も、テーブルの上の果物も、犬の親子も、野球をする少年も、青い海と青い空も。すべてがそのものの持つ本当の姿を切実なまでに訴えてきた。

それは美しさだったり、優しさだったり、逞しさだったり。それが怖かったのだ。

秋本君の絵のモデルをすることによって、自分という人間が暴かれてしまうことが、死ぬほど怖かった。彼には本当の私の姿を見られたくなかった。

ごめんね、秋本君。やっぱりできないよ。


私は、今夜もママの店に出ていた。胸と背中と脚を大胆に露出したドレスで、酔っ払い達の酒の相手をする。

深夜の二時。すでに終電も終わり、店を閉める時刻だった。残った客は一人だけ。最近、かなり通ってきている富田という常連客だった。

「富田さん、そろそろ看板にしていいかしら？」

ママがその客に問い掛ける。富田と呼ばれた中年のお客は、今夜も泥酔状態だった。

薄くなった髪をオールバックに撫でつけ、せり出した腹をダブルのスーツで隠している。目つきは悪く、言葉使いも汚い。ノーネクタイの黒いシルクシャツに、金のネックレス、そしてダイヤの入ったロレックス。わざわざ聞かなくたって、彼がまともな職業についている人間でないことは一目瞭然だった。

しかし、ヤクザだろうが、泥棒だろうが、お金さえ払ってくれれば、ママにとっては立派な客だった。そしてこの富田は、いつも高いボトルを入れてくれる上得意で、とても大切なお客様ということになる。

富田は今夜も私を隣にはべらせ、ブランデーをガブ飲みしながら、若い頃の武勇伝を一方的にまくし立てた。

敵対する組との抗争で、相手の組員を二人も刺したこと。それで八年ほど、刑務所にいたこと。若い頃に愛人にしていたホステスが、最近ちょくちょくとテレビドラマに端役として出ていること。どれも高校生の私にとっては、退屈な話ばかりだった。

富田が立ち上がり、トイレへと向かう。かなり酔っ払っているはずなのに、足取りは意外にしっかりとしている。

トイレに入る前に、カウンター越しにママに耳打ちをした。ママはにっこりと微笑み、それに相槌《あいづち》を打つ。富田がママにこっそりと何かを握らせた。そして、そのままトイレに入ってしまう。

「美貴、今夜はもう遅いだろ。富田さんがタクシーで帰るっていうから、送ってもらいな」

「えっ、私なら一人で帰れるよ」

ママの店から自宅のアパートまで、歩いても二十分は掛からない。いくら女の子の一人歩きが危険とは言え、酔っ払った富田とタクシーに乗ることの方が、よっぽど危ないように思えた。

パシーン。その瞬間、いきなりママに平手打ちをされた。打たれた頬が熱い。ママも相当酔っているのか、機嫌が悪くなっている。

「お前、ママの言うことが聞けないのかい！」

「そ、そんなことないよ、ママ。でも、あの人と帰るのは嫌なの」

「いい加減にしな。あのお客さんが毎月、うちの店にいくら落としてくれているのか、お前はわかって言ってるのかい！」

ママが吸っていた煙草を私の手の甲に押しつけた。ジュッと肉の焦げる匂いが上がった。

「きゃあ！」

「美貴、いい子だから、あたしを困らせないでおくれ」

酔っ払っているママは、そのままソファに身体を沈み込ませた。スカートの裾が乱れて、黒い下着が見えている。

私は火傷した手の甲を水道の水で冷やしに行った。ママが手の中の折りたたまれた一万円札数枚をポケットにしまうのが見えた。

やがて富田がトイレから出てくる。上機嫌のママが、立ち上がってオシボリを渡した。

「富田さん、美貴が送って欲しいそうよ」

「そうか、じゃあ送ってやるか」

私は諦めて、ドレスの上にジャケットを羽織った。バッグを持つと、富田に従う。

富田はお勘定を終えるとママの頬にキスして、そのまま私の手をとって店の外に出た。初夏とはいえ、深夜の空気はひんやりとして冷たい。私は肩を竦《すく》めた。

富田が手を上げると、すぐにタクシーが止まった。二人で後部座席に乗り込む。富田が私のスカートの中に手を差し込みながら、運転手に駅前のラブホテルの名前を告げた。

私は全身を硬くした。それでも富田の手の動きを遮るようなことはしなかった。ただ黙って、手の甲の火傷の痕《あと》をじっと見つめていた。


ラブホテルの部屋に入ると、富田は無言のまま服を脱ぎ出した。あっという間に下着まで脱いで全裸になる。

勃起した性器を、まるで誇示するかのように、両手を腰に当てて仁王立ちになった。

背中からお尻まで、見事な刺青《いれずみ》が広がっている。竜に巻きつかれた弁天の姿だった。改めてこの男がヤクザだということを思い知った。

「私、したことないんです。許してください」

どうせ無駄だとはわかっていても、それでも最後の懇願をしてみる。

「おう。わしゃ、気にせん。ママから全部聞いとる」

富田はママからどこまでを聞いているのだろうか？　まさか私とママが実の親子だとまでは知らされていないだろう。

実の母親に売られた処女の女子高生だともし知ったら、この男は私を許してくれるのだろうか？　いや、この男はヤクザなのだ。その興奮を高めるのを、手伝うに過ぎないだろう。

男が私の身体をベッドに押し倒す。私はママに売られたのだ。すべてを諦めた。

男がドレスに手を伸ばす。開いた胸元から乳房を剝き出しにされた。両手で激しく揉まれる。

「い、痛いです！」

「うるせえ。静かにしろ」

暴れてずり上がったミニスカートの中に、男の手が入ってくる。下着を脱がされた。

涙が出た。悔しくて、悲しくて、恐ろしかった。でも、私はママに売られたのだ。誰も助けてはくれない。

ドレスを脱がされ、全裸にされた。その頃には涙も乾いていた。男の舌が素肌を這い回る感覚が気持ち悪い。

「ちょっと待って！　私の話を聞いてください」

「なんだ、これからというときに」

私の乳首を吸っていた男の頭を両手で押し返しながら、ベッドの上に身を起こす。

「私から提案があります」

「提案だぁ？」

「富田さんは、ママからいくらで私を買ったんですか？」

私は自分の顔が一番綺麗に見える角度を知っている。鏡の前で毎日美しく見える練習を積んだから。

男に向かって、その角度を意識してみる。とたんに男の表情から険しさが消えた。私はつぶらな瞳をウルウルとさせながら、男を上目づかいで見つめた。

この男を落とす。そして、お金に代える。

「ママには五万払った」

男の表情を見れば、それが嘘ではないことは明らかだった。私の処女がたったの五万円。ずいぶんと安く売られたものだ。ため息が出る。

「私のこと、ママからなんて聞いたんですか？」

そっと男の腕に指先を触れさせながら聞く。鳥肌の広がった男の腕。男の興奮が高まっていくのが、剝き出しの下半身でわかる。

「あ、ああ。バイトの女子大生で、処女だって聞いた」

私は潤んだ瞳をまっすぐに向けた。男の声が上ずっている。さっきまでの傲慢《ごうまん》さは微塵《みじん》も見えない。もう、私の勝ちだと思った。

「富田さん、私がママの本当の娘だって、聞いてなかったの？」

「そうなのか？」

「私とママは実の親子です」

「似ているとは思っとったが、まさか本当の娘だったとは。いくらなんでも実の娘の処女を売り飛ばすことはないだろうと……」

「それに歳はまだ十六歳よ。高校に入ったばかり」

「そ、そんなに若いのか」

「うん。もちろん処女。富田さん、私みたいな子を愛人にしてみたくない？」

「ああ、悪くねえ」

「じゃあ、これからは一回三万でいいよ。その代わりに、もうママは通さないで。学校の帰り道に迎えに来てくれれば、制服姿の私を抱けるよ。いいでしょ。それで、お金は私に直接ちょうだい」

そっと唇を舌で舐める。

「わ、わかった」

「じゃあ、契約成立。私のこと、自由にしていいよ」

男が私に覆い被さる。たるんで染みの浮き出た皮膚。薄くなった頭。脂肪のついた腹。醜い中年の身体が私を抱く。今から私は初めてのセックスをこの男とするのだ。かまわないと思う。その代わりに私はお金を得るのだ。

私はつぶやく。どうでもいいや、私なんて。

＊

私は富田と付き合い始めた。

富田はヤクザで、醜い中年男だったが、お金だけは不自由していなかった。お金さえあれば、それ以外のことはどうでもいい。週に二、三度の割合で、私は富田に抱かれた。

昼過ぎにケータイにメールが入ると、下校途中で富田と待ち合わせた。そのままラブホテルに行って、セックスをする。刺青の入った身体が私を抱き締める。

体中に這い回る男の指。好きでもない中年男の指によって、無理やり快楽の声を上げさせられる。

セックスが終わって一人でシャワーを浴びている時、舌を嚙んで死にたくなるような羞恥《しゅうち》と屈辱に、こっそりと嗚咽《おえつ》を漏らした。

それでも私は決して富田の誘いを断らなかった。メールがくれば、どんな用事があっても出掛けて行って、抱かれた。

ママに内緒で男に身体を売る。ママに内緒でお金を稼ぐ。それがママに対する復讐だった。ママは実の娘である私を、こともあろうにお客に売ったのだ。これくらいの仕返しはしてもいいだろう。

でもそこまでだった。私はママを嫌いにはなれなかった。だって恐らくは、ママ自身もそうやって私を育ててきたのだろうから。

ママはかわいそうな女なのだ。馬鹿なだけで悪い女ではない。だから、ママを恨む気にはなれなかった。

富田に抱かれているとき、秋本君のことを思い出すことがあった。そんなときが一番辛くて悲しい。

私の初恋の相手。爽やかな初夏の風のような人。彼と出会えただけで、私は幸せだった。

それ以上のことを望んではいけないと思う。私みたいな女と秋本君では生きている世界が違うのだ。

両親がそろっていて、温かい夕食と明るい話し声に溢れた家庭。家族はみんな良い人で、お互いを愛し合っている。そんな家庭に育ったであろう秋本君は、絶対に私なんかと関わってはいけないのだ。

だから私は秋本君のことを忘れようと、富田と会い続けた。


その日も富田と会う約束があった。遅い時間からの待ち合わせだったので、いったん帰宅してから、着替えて出掛けることにした。

ヤクザの富田が喜びそうな服を選ぶ。

胸元がアンダーバストまで深く開いたピンクのキャミソール。パンツが見えそうなほど短いダメージデニムのミニスカート。オーバーニーの黒いストッキングに十二センチのヒールのサンダル。そして下着は娼婦のような淫靡《いんび》な黒いレースのタンガ。内巻きに巻いた髪とギャル系の濃いメイクを合わせると、まるで歌舞伎町のキャバクラ嬢のように見えた。

鏡を見る。悲しくなった。

夕方四時にケータイにメールが入った。富田がアパートに迎えにくるという。ママはお店の準備でもう出掛けていた。少し早めに外に出る。

ドアを開けると、なんと目の前に秋本君が立っていた。驚くと同時に、私は自分の姿を恥じる。秋本君も私の姿に驚いているようだった。

私は自分の動揺を見せないように、少しぶっきらぼうに彼に尋ねる。

「どうしたの？」

「突然来てごめんな。美貴が最近俺のこと、避けてるような気がして」

「秋本君……」

その言葉だけで、泣きそうになった。歯を喰いしばって涙をこらえる。

「俺、どうしても諦め切れなくてさ。美貴をモデルに絵を描いてみたいんだ。美貴と初めて会ったときから、ずっとそう思ってた」

「初めて、会ったときから？」

「そうだよ。美貴は覚えているかい。入学式の日のことを」

忘れるわけがなかった。

「ここ、座ってもいい？」

あのとき、彼はそう言って、笑顔で私に話し掛けてくれたのだ。彼の隣にもしも私の居場所があるのなら、こんな幸せはなかっただろう。

あの日以来、彼のあの笑顔を一秒たりとも忘れたことはなかった。笑顔がキラキラと輝いているように見えたのだ。こんなに上手に笑える人を見たのは、そのときが初めてだった。

秋本君、私だってずっとずっとあのときからあなたのことを忘れたことなんてないんだよ。

でもね、私は秋本君にふさわしい女の子じゃないんだ。

「そんな前のこと、もう覚えてないよ」

秋本君の落胆の表情。ごめんなさい。あなたにそんな悲しそうな顔をさせて。

「お願いだ。俺のモデルになってくれ。美貴のことを描きたいんだ。それで……」

「それで？」

秋本君が私を見つめる。透き通ったつぶらな瞳に吸い込まれそうになる。

目の前に秋本君がいる。私が諦めようと思った初恋の相手。それが、彼の方から来てくれたのだ。

手を伸ばせば届く距離に彼が立っている。目を閉じても彼の息遣いが聞こえる距離にいる。

そして、私に絵のモデルになって欲しいと言ってくれている。

「秋本君、私も……」

もう、だめだ。我慢できない。あんなにしっかりと歯を喰いしばっていたのに、涙が頬を伝う。秋本君がゆっくりと手を伸ばし、その涙を指先で拭ってくれようとした。

その瞬間だった。

「美貴、何やっとんじゃ！」

秋本君の肩越しに、ドスの利いた低い声が響いた。富田だった。最悪だった。

「おい、坊主！　わりゃ、ワシの美貴に何ちょっかい出しとんじゃ」

こういうのを天国と地獄というのかもしれない。私は神様を呪った。

どう見てもヤクザにしか見えない風体《ふうてい》の富田が恐ろしい形相で睨みつけているというのに、秋本君は少しも怯《ひる》むことなく、私を背中に庇《かば》うようにして、立ち塞がってくれている。

「あなたこそ、誰なんです！」

キッと富田を睨みつけるその顔は真剣だった。握り締めた拳が怒りに震えている。

でもだめだよ。富田は本物のヤクザなんだから。お願い、危ないことはしないで。

「なんじゃあ、坊主。美貴はワシの女じゃ。なんぞ文句でもあるんかい」

「お、女……」

その言葉には、さすがの秋本君も打ちのめされたようだった。

「嘘だ」

「嘘なもんか。まあ女と言っても、毎回金で買っとるんだから、恋人と言うわけにはいかんな。愛人かのう？　坊主達風に言やぁ援交っちゅうやつだ」

富田が面白そうに笑っている。

これで何もかもが終わった。でも、これでいいんだ。どうせ私と秋本君は初めから生きている世界が違ったんだから。

秋本君は凍りついたように青ざめた顔で立ち尽くしている。富田が彼を押し退けるようにして、私の腰を抱く。私も力なく、そのまま連れられて歩き出した。

富田が腰に回した手をキャミソールの中に滑らせ、開いた胸の谷間から乳房を鷲摑みにする。ブラジャーをしていない胸を、直接揉まれた。それなのに私は抵抗する気力さえもなくなっていた。

「美貴……」

背後で秋本君の声がした。しかし、私は振り返らなかった。彼をこれ以上巻き込みたくなかった。涙が頬を伝う。富田はそれをニタニタと横目で見て笑っていた。

その後、ママのお店に同伴出勤するまでの二時間、私は富田と三回もセックスした。安っぽいラブホテルのベッドの上で、富田は執拗《しつよう》に私を責め立てる。秋本君のことが富田の興奮を高めたようだ。

両手を後ろ手に縄で縛られ、全裸の私はバイブレーターで何度も性器を抉《えぐ》られた。人工物による強制的な快楽に私は白目を剝きながら、肉体を痙攣させ続けた。

快楽が限界を超えて苦痛になり、さらにその先の狂気にまで達する。生きていることを後悔するほどの快感に、涙を流しながら絶叫した。

発狂する寸前まで繰り返し絶頂を味わわされた後、やっと富田は私の中に入ってきた。巨大で凶暴なペニスが、執拗なバイブレーターの刺激で赤く腫《は》れ上がった性器を蹂躙《じゅうりん》する。

「あああっ、いやっ！　凄い！　だめっ！」

「おおおっ！」

富田が激しく腰を振る。内臓を掻き回されるような強烈な刺激。私は富田の身体に必死でしがみつく。そうしていないと、心が押し潰されてしまいそうだった。できることならこのまま発狂してしまいたかった。きつく目を閉じると、涙が零れた。

富田も感じてきたようだ。その腰の動きが加速する。

「あの坊主に犯《や》られているとこでも想像しながらイクんだな」

富田は大声を上げて笑った。このとき、私は富田のことを心から殺したいと思った。それまでは好きでも嫌いでもなかったが、この瞬間からは、世界で一番嫌いな男となった。

しかし、私はその殺したいほど憎んでいる男に犯されて興奮しているのだ。心がなくても、肉体は感じてしまう。自分は本当に酷い女だと思った。富田のペニスが死ぬほど気持ち良いなんて。

富田がキスをしてくる。舌が入ってきて、煙草の味がする唾液を大量に飲まされた。

「いきます」

快楽の中で泣き叫び、絶頂を迎える。私は淫欲の海に、自分の肉体を放り出した。


それから一週間程たったある日。

クラスメイトの女の子から、秋本君が静香という子と付き合い始めたと聞いた。クラスの中でも目立たない普通の子だった。

やがて、お昼休みに二人が仲良くお弁当を食べている姿を目にするようになった。

私はつぶやく。どうでもいいや、私なんて。

*

一年が経ち、私は高校二年生になった。

その日は朝からママは上機嫌だった。

「ママ、どうしたの？　今日はずいぶんとご機嫌なのね」

「美貴、今日のお昼は一緒に外に食べに出よう」

嫌な予感がした。ママからこんなことを言い出してきて、良い話だったためしがない。

「うん、いいけど……」

二人で少しおしゃれをして、駅のそばのイタリアンレストランにランチを食べに行く。こんな洒落《しゃれ》たお店、今まで入ったことがなかった。席に着いたとたんに、ママはそわそわとし始める。

「美貴に会わせたい人がいるんだ」

「会わせたい人？」

ママの頬が赤らんでいる。緊張しているのだ。

「ママね、結婚しようと思っている人がいるんだ」

「け、結婚？」

「美貴は反対？」

わがままで横暴で自分勝手なママが、まるで純粋な少女のようにしおらしく俯いている。チラチラと上目づかいでこちらを覗く。さすがのママも、この件だけは言い出しにくかったようだ。

「反対も何も……。私はお父さんの思い出どころか顔さえ覚えてないくらいなんだから。ママがそういう人がいるんなら、何も言わないよ」

私の言葉にママの表情がパッと明るくなる。

「そう、ありがとう。美貴だったらきっと賛成してくれると思ったよ。それで、今日ここに呼んであるんだ。今から会ってくれるね」

「今から？　ここに来るの？」

「こういうことは早い方がいいだろ」

結局は初めから自分の思い通りにするつもりだったのだ。また、ママにはめられたと思った。

しばらくして、一人の男が店に入ってきた。その男を見て、私は凍りついた。

オールバックの髪に、鋭い眼光。頬に大きな傷痕。着ている服はアルマーニのスーツで、腕にはさりげなくジバンシーの腕時計をしていたが、その左手には指が三本しかなかった。

間違いない。どこからどう見ても、ヤクザだ。それも筋金入り。富田なんかこの男に比べれば、ただのチンピラに過ぎないだろう。全身から狂気と悪意のオーラを放っていた。

「こちらは桂木さんよ。美貴、ご挨拶して」

私は仕方なく、頭を下げる。

「美貴です。こんにちは」

「初めまして、桂木です。お母さんからいつも美貴さんのことは伺っていました。話通りの美しい娘さんだ」

丁寧な言葉使いと物静かな雰囲気が、かえって不気味さを感じさせる。良く切れる刃物のような男。この男だけはまずい。決して関わってはいけないタイプの男だと思った。しかし、ママを見ると、すでに目を虚ろに潤ませていた。恋に狂った女の目だ。これがすべての狂気の始まりだった。


ママに桂木を紹介されてから、わずか一ヶ月後。二人は結婚した。

と言っても式を挙げたわけでもなく、三人でレストランでお祝いの食事をし、翌日に私とママが桂木のマンションに引っ越しただけのことだ。二人が正式に婚姻届を出したのかどうかも怪しかった。

赤坂の高級マンションの生活。ママのお店も桂木がどこからか融資を取り付けてきて、改装をした。

ママは毎日上機嫌で、桂木の言うことならなんでも聞いた。夫婦というより、まるで女中のように見えた。

夜になると夫婦の寝室から、獣じみた声が響く。それが時には三時間以上に及ぶこともあった。

二人は夫婦なのだから、性の営みは当たり前のことだと思う。しかし、なぜか桂木とママの関係には、狂気の匂いがした。

結婚以来、ママは急激に痩せ始めた。やがて目は落ち窪《くぼ》み、髪の艶はなくなり、肌は荒れ果てた。明らかにおかしかった。

「ママ、最近なんだか変だよ」

「そりゃ新婚なんだもん。普通じゃいられないわよ」

「そういうことじゃなくてさ」

桂木が出掛けた後、着替えをしていたママに話し掛けた。しかし、ママは出勤前の着替えやメイクに忙しいようで、私の問い掛けにも上の空だった。

ブラウスを着替える時、チラリとママの腕が見えた。腕の関節の辺りに見えたものに、私は凍りついた。

たくさんの注射の痕。ママは覚醒剤を打たれているんだ。体重の激減や容姿の変わりよう。そして、深夜までおよぶ性の営みと獣じみた声。すべてが一つに繋がった。

馬鹿なママ。桂木のようなヤクザに簡単に騙されたばかりに、覚醒剤漬けにされたあげく、お店を取り上げられて、風俗にでも売り飛ばされるのだ。

本当に馬鹿なママ。それでも私のたった一人の肉親だった。私だけはママを守ってあげなくちゃいけない。

数日後の夜。ママはお店に出勤していた。私は期末テストが近い為、お店を休ませてもらい、マンションで勉強をしていた。

普段は出掛けていることが多い桂木が、珍しく家にいた。机に向かっていると、私の部屋のドアが開いた。桂木が入ってくる。

「何の用ですか？」

冷たく言い放つ。私はこの男が嫌いだった。

「そう冷たくするな。俺はお前の父親なんだから」

鋭い眼光。薄気味悪く笑いながら、桂木が私の背中に手を置いた。そして、その手が髪に触れる。

やがて、桂木の手がゆっくりと下がり、キャミソールから剝き出しになった肩に触れた。素肌の感触を味わうように、汗ばんだ指が肌の上を這っていく。

「美貴はとっても美人だな。こんな綺麗な子は見たことがない」

再び指が背中に下り、ブラジャーのラインをゆっくりとなぞっていく。

「やめてください！」

私は身を捩《よじ》って、その手を振り払った。椅子から立ち上がり、桂木を睨みつける。

「なんだ、その態度は！　それが親に対する態度か！」

桂木の形相が鬼のようになる。詰め寄られ、胸元を摑まれた。その拍子にキャミソールが破れる。

「いやっ！」

露になった胸を押さえ、後ずさりをした。

「なんだ、その目は！　お前は俺のことを馬鹿にしているのか？　俺がどれだけの男か、思い知らせてやる。こっちへ来い！」

そのまま腕を摑まれ、ベッドに押し倒された。破れかけたキャミソールと一緒にブラジャーやスカートも引きちぎられた。

黒いレースの下着一枚だけにされてしまう。

「こんな娼婦みたいな下着を着けやがって。どうせ、男と遊びまわってるんだろう！」

「そんなことしてません！」

「母親と同じで淫乱な身体だからそうなるんだ。俺がお前の淫乱の血を鎮めてやる」

下着を破られた。嫌だ。桂木はママの夫だ。そんな男とだけは、死んでもやりたくない。

全身に力を込め、暴れまくった。両手両足を振り回し、泣き叫び、桂木を罵《ののし》った。

次の瞬間だった。ガツッと音がしたと思ったら、目の前が一瞬で暗くなった。最初は何が起こったのかわからなかった。

続けて二回、三回と衝撃が襲ってきた。そして遅れて激しい痛み。殴られたのだ。顔を握り拳で思いっきり殴られた。さらに桂木の暴力が続く。

目から火花が出るとは、こういうことを言うのだろう。顔中をボコボコに殴られた。

私は必死になって両手で顔を隠す。しかし、その手をかいくぐるようにして、桂木の拳が飛んできた。あまりの痛みに意識が遠退く。

「痛い！　やめてっ！」

口の中が切れて、血が溢れ出した。鉄の味のする生ぬるい液体が口中に広がる。

「俺に逆らうとどうなるか教えてやる！」

両手で顔を隠していたら、今度は腹部を殴られた。ボコッと音がして、拳がお腹にめり込む。少し遅れて、地獄の苦しみが襲ってきた。

息ができない。涙が止まらない。意識が朦朧としてくる。

「許して、ください」

それだけ言うのが精一杯だった。ぼやけた視界の中で、桂木が服を脱ぐのが見えた。

全身を襲う激しい痛みに、抵抗する気力も失せて、ぐったりとしていた。

全裸になった桂木が近寄ってくる。激しい痛みと恐怖に、私の身体は小刻みに痙攣を始めていた。

「苦しいか？」

小さく頷く。ベッドの上に横たえた全裸の身体を隠す気力もない。

「痛みが楽になる薬をやる。気持ちよくなるぞ」

「許して……」

薬と聞いて、私は無意識に首を振った。しかし、抵抗できるだけの体力も気力も残ってはいなかった。

ハートマークが浮き彫りになったピンク色の錠剤を口に押し込まれる。そのまま口と鼻を押さえ込まれた。

「ほら、飲み込め！」

「んぐっ、んん」

苦しくてどうしようもなくて、その錠剤を飲み込んでしまった。喉に引っかかる感じが怖くて、桂木に渡されたボルヴィックのペットボトルから水を飲んだ。

桂木が全裸のまま私の勉強机の椅子に腰掛けた。ゆっくりとした動作で、煙草に火をつける。私はその姿をベッドの上でぼんやりと見ていた。

私の部屋には灰皿などない。桂木が私の筆箱に灰を落とすのが見えた。それがなんだかすごくおもしろいことのように思えてきた。

どんどんと視界が狭くなっていく。ぼんやりとした意識の中で、気持ちがすごく楽になっていった。

もう殴られた痛みも感じない。あるのは激しい喉の渇きだけだった。無意識に手を伸ばした。桂木が立ち上がるのが見えた。

ベッドに上がってきた桂木が、私に身体を重ねる。私は愛する恋人を迎えるかのように、両腕で彼を抱き締めた。

舌を伸ばして桂木の唇を吸う。音を立てて唾液を啜った。煙草の味が広がる。あんなに大嫌いだった煙草の匂いが、今は愛しいもののように感じた。

性器を桂木の指が割る。私は獣のように叫び声をあげた。しかし、その声はどこか遠くで誰か別の人が叫んでいるみたいに聞こえた。

「すごい濡れ方だ。美貴は淫乱だ。俺がその悪い血を鎮めてやる。ありがたく思えよ」

「ああっ」

自分の身体が自分のものでなくなる。精神と肉体が別々に動き出す。全身が性器になったような気がした。

桂木が私の中に入ってくる。信じられないことに、私の方から両足を絡みつけ、腰を動かしていた。

「MDMAだ。これからはいつでも飲ませてやる。その代わり、俺の言うことを聞くんだぞ」

私は必死で腰を振りながら、何度も頷いた。

全身の血が沸騰しているようだった。自分の性器が蕩け出して、挿入されたペニスに絡みついていく。腰の動きを止められない。大声を上げて泣いた。そうしていないとおかしくなりそうだった。いや、もうおかしくなっているのだと思った。

延々と続く長い時間を掛けたセックス。二人とも快楽の潮が決して引くことがない。このままでは死んでしまうと怖くなった頃、やっと桂木が私の中に射精した。それでもまだ私は腰を振り続けていた。


桂木にレイプされたことは、ママには言えなかった。桂木に対してラブラブ状態のママに、「ママの夫にレイプされました」なんて言えるわけがなかった。どうせ悪者になるのは私の方だ。ママの夫を誘惑した淫乱娘として、罵られるのは目に見えている。

だから私は黙っていた。それをいいことに、桂木はそれからもしょっちゅう私を抱くようになった。

「お願いだから、ママに覚醒剤を注射するのだけは止めてください」

「だったら、美貴が早く学校から帰ってきて、俺の相手をしろよ」

学校から帰ると制服のまま、夫婦の寝室に行く。そこでＭＤＭＡを飲まされ、桂木に抱かれた。

吐き気がするような嫌悪感が、じきに快楽へとすり替わる。意識が溶け出していく。薬を飲むと、色々なことがどうでも良くなってしまう。

もともと私は精神に闇を抱えているような子だった。そこにＭＤＭＡは付け入るように、入り込んできた。

このままではだめになってしまう。ヤクザの桂木は、私やママの骨までしゃぶる気だ。性的に弄び、飽きたら風俗に売り飛ばされておしまいだろう。見知らぬ男達の慰みものになって、桂木のためにお金を稼ぎ続けるのだ。そんなことは絶対に嫌だった。私には私の人生がある。

第一関節から切り落とされた桂木の指が、器用に私の肉体を這い回る。

殺したいほど憎んでいる男に抱かれながら、私は快楽にむせび泣く。ＭＤＭＡでぐちゃぐちゃになった意識の中で、私はこの男から逃げ出すことを必死で考えていた。

富田に連絡を取る。久しぶりに会いたい、とメールを送ると、すぐに返信があった。

最近、敵対する組織との抗争があったらしく、富田もかなり忙しくしていたようだ。私も桂木との関係が始まってしまい、富田と連絡が取れるような状況ではなかった。

三ヶ月ぶりに会うことになった。学校の近くで待ち合わせをして、富田のベンツに乗り込む。

「久しぶりやな。なんや、少し痩せたんと違うか？」

桂木とのドラッグ漬けのセックスの日々で、体重は五キロ以上落ちていた。

「痩せたかどうか、久しぶりに自分の目で確かめてみたら？」

「うれしいこと、言うてくれるなぁ」

相変わらずの大阪とも広島ともつかない胡散臭《うさんくさ》い言葉を吐きながら、富田は行きなれたラブホテル街に向けて車を走らせた。

「ねえ、今日は私の家に来てよ。今度ね、きれいなマンションに引っ越したんだよ。今日ならママもいないし、二人でゆっくりとできるから。終わった後で、私の手料理を作ってあげる」

私は富田に向かって、にっこりと微笑んだ。

マンションに着くと、私は夫婦の寝室に富田を招き入れる。三ヶ月ぶりに私を抱く興奮から、富田は状況がよく見えていない。桂木の持ち物などには目もくれず、私をベッドに押し倒す。

「もう、そんなに焦らないでよ」

「久しぶりなんや、早《は》ようしてくれ」

ズボンと下着を一緒に脱ぐと、富田は私に覆い被さってきた。高校の制服を着たまま、ベッドで富田を迎え入れる。

セーラー服の裾をたくし上げられ、ブラジャーから乳房を引き出された。すぐに富田が乳首に吸い付く。富田の歯が当たると、乳首に甘美な刺激が走った。

「ああっ、感じちゃう」

富田の息遣いが荒くなる。富田の勃起したペニスが太腿に当たる。火傷しそうなくらい熱くなっていた。

「おおっ、もう我慢できん」

スカートを捲《まく》られ、下着の間から押し入られた。すぐに富田が腰を使い始める。

「ああっ、凄いよ！」

「うおおっ、熱い！」

そのときだった。

「貴様、何やってんだ！」

恐ろしい怒号。私の上に乗っていた富田の肩越しに部屋のドアの方を見ると、桂木の姿があった。

桂木が富田の身体を摑んで、私から引き離す。富田は凄い形相で桂木を睨んでいたが、両足首に絡まったズボンと下着が邪魔をして、思うように立ち上がれない。下半身を晒したまま、その場にひっくり返った。

「お前は雄和会の富田か！　なんでここにいるんだ！」

「関東山産組の桂木か！」

桂木が転がっている富田の顔を蹴り上げる。バキッと、鼻の骨の折れる音がした。

「うおおおおっ！」

骨が飛び出して血塗《ちまみ》れになった鼻。富田の顔は、潰れたトマトのようになっていた。

桂木はそれを見て、ニヤリと笑った。そのままめちゃくちゃに富田の顔面を蹴り続ける。

桂木にレイプされたときのことを思い出した。この男は紳士的な顔をしているくせに、ひどく残忍なところがあるのだ。

「富田、てめえ。俺の命《たま》、取りに来たか！」

「ひぃいいいいっ！」

十数分にわたり、桂木は富田のことを蹴り続けた。剝き出しになった股間を思いっきり踏みつける。睾丸が潰れて、中身が飛び出した。

富田は全身から血を流し、白目を剝いて意識を失ってしまった。桂木が携帯電話で子分を呼び出す。

「なんでこの男がここにいるんだ？」

桂木が荒い呼吸のまま、私に聞く。

「わかりません。まったく知らない人です。学校帰りにつけられてたみたいで、マンションのエレベーターの中で乱暴されて、そのままこの部屋に押し入られたんです。それでレイプされました」

私は泣きながら、桂木に訴えた。興奮した桂木は冷静にものを考えることができないみたいだった。

「そうか、突然来たのか。こいつはなぁ、うちの組とドンパチやってる雄和会の鉄砲玉だ」

「怖かった」

私は桂木に抱きついた。

しばらくすると桂木の子分が二人、やってきた。そして、気絶した富田を抱えると、桂木と三人で出掛けて行った。

マンションの窓から、桂木のベンツが走り去って行くのが見えた。私もすぐに外出する。駅前の公衆電話から、警察に電話をした。

「ヤクザみたいな人が三人で、男の人を拉致していくのを見ました」

そして、桂木の車のナンバーだけを伝えると、名乗らずに電話を切った。


あれから三日が過ぎた。

テレビのニュースでは、一日中、都内でのヤクザの抗争のことを伝えていた。富田の死体が東京湾に上がったのは、昨夜のことだった。その直後、桂木は容疑者として、警察に逮捕された。

ニュースキャスターが伝える。「有力な目撃情報をもとに……」、私はリモコンでテレビを消した。

ママはまだ寝ている。桂木はあれ以来、このマンションに帰ってきていない。

ママの体調が戻ったら、早めにここを出ていかなければならないだろう。また、賃貸アパートでの貧乏暮らしが始まる。

悪魔のような男だったとはいえ、桂木は生活の面倒をみてはくれていた。その桂木は警察に逮捕されてしまった。富田という援交の相手も同時に失った。

私とママが生きていくために、新しい方法を見つけなくちゃいけない。どうせできることと言ったら、自分の美しさを男達に売ることしかないだろう。

私はつぶやく。どうでもいいや、私なんて。

3

「せ・ん・せ・い」

担任の高松先生の耳元で囁きかける。高松先生はビクッとして、慌てて私の方を振り返った。私はすでに高校三年生になっていた。

「なんだ緑川か、どうしたんだ」

「また数学でわからないところがあるんだ。放課後、教えてくれませんか？」

「わ、わかった」

「じゃあまた、五時に生活指導室で待ってますね。気が散ると嫌だから、鍵掛けてるから、先生来たら、三回ノックして」

私が声をひそめてそう言うと、先生も周りを気にしながら、声を落として言った。

「ああ、わかった。後で行くから」

高松先生に個人授業をしてもらうようになって、今日で五回目になる。

初めは昼休みに職員室に行って質問をすることが多かったが、あまりにも質問数が多いということで、放課後に居残り授業をしてくれることになった。

私は一人で生活指導室に籠《こも》る。机一つと椅子が二つあるだけの小さな部屋。そこで私は教科書を広げて、担任の高松先生を待つ。

私はクラスでも成績優秀な生徒だった。もちろん数学だって例外ではない。

しかし、どうしても確実に名門大学に進学したかった。だけど、予備校や塾に通うお金も時間もなかったし、すべり止めを何校も受験することも無理だった。

奨学金が貰えるような優秀な成績で、特待生として入学するしかない。だから、もっともっと勉強しなければならなかった。

そして、それだけではなく、しっかりと保険も掛けておきたかった。


ドアが三回ノックされた。ドアの鍵を開けて先生を迎え入れる。

「先生、私のためにありがとうね」

高松先生が少し上気した顔で、私を見つめる。

「いや、俺はやる気がある生徒には、いくらでも協力を惜しまんぞ」

高松先生が私を見る。顔から爪先まで、ゆっくりと視線が舐めていく。私は自分が一番綺麗に見える角度で、椅子に腰掛けている。

腰で二回も折り返して超ミニにしたスカートから、細くて長い脚がむき出しになっている。オーバーニーのハイソックスの脚をゆっくりと組み替えた。真っ白な太腿に、高松先生の目が釘付けになる。

次に上半身を前に乗り出し、机の上に両肘をついた。スカーフを外したセーラー服の胸元が大きく開き、中が覗ける。私の豊かな胸の谷間が、先生の目にしっかりと映っているはずだった。

さっきから高松先生の視線が、私の身体のあちこちを舐めるように這っているのがわかる。その視線を意識しながら、身体をゆっくりと捻る。ウエストの細い括《くび》れに、彷徨《さまよ》っていた高松先生の視線が止まった。

「せ・ん・せ・い？　先生ったら？」

「あっ、なんだ、悪いな。ちょっと考え事しててな」

教科書から目を離したままの先生の顔を覗き込みながら、乾いた唇を舌で舐め上げる。先生がそれを見つめながら、唾を飲み込むのが見えた。

生活指導室は生徒との面談の秘密を守るため、完全防音になっていた。窓にも厚いカーテンが掛かっている。校内の喧騒とは無縁の静かさに包まれていた。

「考え事？　いったいどんなことを考えてたのかなぁ」

先生の額から汗が流れた。高松先生がしきりに手で汗を拭う。私はポケットからピンク色のレースのハンカチを取り出して、先生の額の汗を拭ってあげた。先生は黙って私のするのに任せてくれている。

「緑川は本当に熱心な生徒だなぁ。こうやって毎日のように、補講を自ら願い出てくるなんて」

「それは数学が高松先生だからだよ」

私は恥ずかしそうにそう言うと、そのまま黙って俯いた。

「緑川、お前……」

「先生に、奥さんがいなければよかったのに」

高松先生が私の手を握り締めた。私もそれを握り返す。絡み合う二人の視線。私は身を乗り出し、静かに目を閉じた。

「いいのか？」

「先生、女の子からこんな風に誘ってるんだよ。これ以上、私に恥をかかせないで」

先生が私の身体を抱き締め、唇を重ねてきた。初めは遠慮がちに、しかし私が舌を入れてやると、すぐにそれは大胆なものに変わった。

「本当にいいのか？」

「先生、これは二人だけの秘密だよ」

「そうか、秘密なのか」

その言葉が先生の理性の堰《せき》を決壊させた。嵐のような男の欲望が私の身体に襲い掛かる。

あの軟弱に見えた高松先生のいったいどこにこんな力が隠されていたのか。凄い勢いで机の上に身体を押し倒された。耳元で先生の激しい息遣いが聞こえる。

スカートを捲られた。片膝を立ててあげると、下着の中に手が滑り込んでくる。その間もずっと生暖かい舌が私の口中を舐《ねぶ》っていた。

セーラー服の横のファスナーが下げられ、ブラジャーの下に手が強引に押し入ってくる。人差し指と親指で乳首をきつく摘まれた。

「あぁっ！」

「痛かったか？」

私の声に、慌てたような先生の声。

「大丈夫。もっとしてください」

先生が私の乳首を口に含む。生暖かい唾液が私の胸を濡らしていく。性器の溝を先生の指が何往復もする。その度に私の身体が小さく痙攣を繰り返した。

「ああっ、先生。凄いよ」

溢れ出た体液を指で掬《すく》われ、それを勃起し始めたクリトリスに擦りつけられた。指の腹で円を描くように、嬲《なぶ》られていく。私の身体がビクンビクンと反応する。

「先生、それ以上したら、私……」

切羽詰った顔を向けて訴える。でもここで止める男はいない。

「緑川、いっていいぞ」

私は先生の目を見ながら、大きく頷く。

「ああっ、先生。いくっ！」

一瞬、息が止まる。私は机に身体を押さえ付けられたまま、その細い身体を大きく仰《の》け反《ぞ》らせた。激しく肉体が痙攣を繰り返す。

「緑川、綺麗だ」

先生が欲望に濁った目で、私を見つめる。

「先生にも、してあげたい」

私は机から降りると、先生を椅子に座らせた。その両膝の間に跪くと、ズボンのファスナーに指を掛ける。

「そんな……」

私の手を止めようとする先生の手を払いのけると、ファスナーを下ろし、中から熱く漲《みなぎ》ったペニスを引き出す。

「先生、美貴にさせてください」

ペニスを数回大きく扱《しご》くと、ゆっくりと顔を近づけ、先端部分から滲み出ている先走りの分泌液を舐め取るように、舌先で尿道口を刺激する。そのまま一気に口に含んだ。喉の奥までペニスをすべて飲み込んでしまう。

「おおっ、緑川。お、おまえ……」

上目づかいで先生と視線を絡ませながら、激しく首を振り始める。くちゅくちゅと淫靡な音が部屋中に響く。唾液をたっぷりと塗《まぶ》しながら、ペニス全体を吸い上げる。私の頬が吸引の勢いで形を変えた。

「おおっ、緑川！　もう、我慢できない」

立ち上がった先生が、私の身体を机にうつ伏せにさせた。スカートを捲られ、後ろから先生が私の中に入ってくる。動物が交尾をするような格好で、私は先生に犯された。それも学校の生活指導室で。

妻子のいる五十代の数学教師。まじめに三十年近く公務員を務めてきたというのに、それもこれで終わりだ。先生、私みたいな美人を抱いた代償は高くつくよ。

私は目を閉じると、快楽に身を委ねた。

放課後の生活指導室。

身体を与えることの代償に、高松先生からは毎日三時間ほどの個人授業を受けていた。

高松先生は専門の数学だけでなく、海外留学の経験から英語も得意だった。私はそれに目をつけ、予備校替わりに利用させてもらっていた。高松先生との個人授業は、学力向上に、それなりの効果を上げていた。

三回置きくらいに、肉体の関係を求められたが、生理だと言って適当にかわすこともあれば、素直に求めに応じてやることもあった。高松先生にはまだまだ利用価値があったからだ。

「先生、うちの高校にK大学からの特待生推薦枠っていくつ来るの？」

私は先生の下半身に顔を沈めながら、質問をした。先生は目をつぶったまま、擦れた声でそれに答える。

「毎年二名だが……。それが、どうした？」

「その推薦、私にしてくれない」

顔を上げて、先生を見つめる。私の美しい顔が一番魅力的に見える角度を意識した。私の唾液でヌルヌルになったペニスを、力強く右手で扱き続ける。

「ああっ。確かに緑川は優秀な生徒だが、さすがにそこまではどうかな？」

私は限界まで漲った先生のペニスの先端を指先で弄びながら、毅然《きぜん》とした態度で言った。

「高松先生、私は正式な競争で選んでくださいって、お願いしているわけではないんですよ」

先生の身体が強張ったのがわかる。

「お、お前、自分の言っていることがわかってるのか？」

「わかってないのは先生の方です。女子高生である私が、担任の先生に生活指導室でレイプされたんですよ。それも何度も。このことが明るみになって困るのは誰なのかしら？」

「お前、俺を強請《ゆす》るつもりか！」

先生が真っ青な顔で私を睨んでいる。

「そんな顔をしないでよ。先生だって凄くいい思いしたでしょう？　少しは私のために働いてくれてもいいんじゃないですか？」

「しょ、証拠はないぞ」

「証拠なんてなくても中年の教師と美しい優等生、世間はどちらを信じると思います？　私が新聞社や警察に訴えると言えば、学校はどんな対応をするでしょうね。それにね、私達のセックスシーンを私のケータイのムービーで隠し撮りもしているんですよ。まあ、できればそんな映像までは使いたくないですけど」

「緑川、お前……」

「先生、これはお願いではないんです。私をK大の特待生の推薦枠に押し込んでください。無理でもなんでも必ずやってください。だめなら私、訴え出ますから」

私の手の中の高松先生のペニスが、急速に萎《しお》れていく。先生は焦点の定まらぬ虚ろな目で、あらぬ方向を見ていた。

先生、ごめんね。でもね、人の幸せの量って、生まれたときから決まってるんだよ。だからね、私は自分に足りない分を、誰かから奪い取らなくちゃいけないの。

私は先生を置いて、部屋を後にした。

＊

その日のケータイの出会い系サイトは不調だった。思ったような相手がなかなか見つからなかった。仕方なく、いつものような中年ではなく、若い男性を選ぶことにした。

二十歳の大学生。朝まで一緒に過ごせば、五万円くれるという。悪くない。でも、こういうのに限って、はずれが多いのだ。

縛らせろとか、写真撮影させろとか、おしっこを飲ませろとか、そんな変態に当たることが多い。それでも私は大抵の場合、それがどんなひどい要求でも黙って受け入れた。自分がひどいことをされるという嫌悪感や恐怖が、私の闇を抑え込むのだ。

待ち合わせの場所に行くと、思ったより若い男が待っていた。

細身で高い身長。細く引き締まった唇。俳優のように美しい顔。鋭い光を放つ大きな瞳が印象的だった。サラサラの柔らかな髪を手でかきあげるしぐさ。そして、寂しげな雰囲気。

美しい男だと思った。惹《ひ》きつけられた。

ラブホテルに入ると、彼はすぐに約束の五万円をくれた。何も聞いてこない。珍しいタイプ。大抵の男性はNG項目とかの質問をして、納得してからお金を支払う。

「シャワー、浴びていい？　それともあなた、浴びない方がいい人？」

「浴びていいよ」

ぶっきらぼうな物言い。セックスなんかにまるで興味がないという感じ。ギラギラ感がまるでない。

私がシャワーを浴び、バスタオルを巻いて出てくると、彼はビールを飲んでいた。

「朝までだからって、ずいぶん余裕ね」

「なんで高校生が援交なんてしてるの？」

「驚いた。まるで父親気取りの中年男みたいなことを言うのね。そういう風に、援交なんてやめなさいって説教するオヤジに限って、やることはやっていくのよね」

「ふーん、そんなもんなんだ」

「だいたい、あなただって本当は高校生でしょ？　大学生なんて嘘でしょう」

彼が肩を竦める。私の勘はどうやら当たっていたようだ。

「だから興味があるのさ。あんたみたいな美人女子高生が、なんで身体を売っているのかってね」

「決まってるじゃない。お金が欲しいから。そして、セックスがしたいからよ」

「ふーん」

彼は私の言葉を、一つも信じていない様子だった。

「それでどんな風にすればいいの？　縛る？　それとも口かお尻でする？」

五万円もくれるのだ。私はある程度のことは覚悟していた。

「首を、絞めてもいい？」

「えっ？」

「セックスしている最中に、あんたの首を絞めてもいいかな？　射精するまで締め続けるけど、それでもやらせてくれる？」

そう言った時の彼は、すごく寂しい目をしていた。元々、少女のような優しげな顔をしている。それが今にも泣き出しそうに歪んでいた。

彼の目を見る。どうしてそんなに悲しい目をしてるの？

「断ったら？」

「仕方ないさ。このまま帰るよ」

「もう、お金は貰っちゃったからね。いまさら返さないよ」

「別に、いいよ」

彼がまっすぐに私を見る。一度も目を逸らさない。寂しい目。そして、凄く悲しい目。お願いだから、そんな目で私を見ないで。

「いいわよ」

「えっ？」

彼のひどく驚いた顔。まさか私がＯＫするなんて、予想していなかったのだろう。

「だから、いいわよ。してる最中に首を絞めても」

「プレイなんかじゃないぜ。本気で絞めるからな。俺がなかなかいかなかったら、あんた死ぬかもしれないんだぜ」

「そのときは、それも運命だって、諦めるわ」

そう言いながら、私はバスタオルを床に落とした。全裸の身体をベッドに横たえる。

別に死んでもいいなんて、本気で思っていたわけじゃない。それどころか、死ぬのなんて絶対に嫌だった。私にはまだまだやりたいことがある。そのために援交だってしている。生きるために身体を売っているのだ。

でも、彼の目を見ているうちに、気がついたらOKしてしまっていた。彼には、私にそうさせる何かがある。彼とセックスしたいと本気で思った。その先にあるものを見てみたかった。

静かに目を閉じる。しばらくして服を脱いだ彼が、ゆっくりとした動作で身体を重ねてきた。触れ合った肌を通して、彼の心臓の鼓動が感じられる。

ドクン、ドクン、ドクン、ドクン。

規則正しい鼓動。私の鼓動も彼に伝わっているのだろうか？

しばらくの間、彼はずっと私を抱き締めていただけだった。どれくらいそうしていたのだろうか？　十分？　それとも三十分？　柔らかな空気に、私は時間の感覚を失った。やがて、やっと彼が動き出した。

勃起したペニスがゆっくりと私の性器に沈み込んでくる。熱い。息ができないほどの快感が身体の中心を貫いていく。

「あぁっ」

私は目を閉じ、きつく歯を食い縛りながら、身体を仰け反らせた。彼の身体が大きく波打つ。熱く潤みを溢れさせた性器を、何度もペニスが抉っていく。ゆっくりなのに力強い腰使いに、私の肉体が蕩けていく。

「もう、いきそう」

私は目をしっかりと開き、彼の目を見つめて訴えた。感じ過ぎて涙が零れた。

彼の手が私の首に掛かる。女の子のように細くて柔らかい指が、喉に食い込む。

顔が熱くなる。呼吸ができなくなる。頭が痺れてきて、意識が朦朧としてくる。心臓が破裂しそうな痛み。さらに彼が指に力を込める。

私、このまま死ぬのかな？　それも仕方ないのかな。ああ、もうだめだ。

そう思った瞬間、喉に大量の空気が流れ込んできた。

ゴホン、ゴホン、ゴホン。急に入ってきた空気に、咳き込んだ。苦しくて涙が出た。でも、その苦しさに、自分が生きているということを実感した。

彼が私の肉体から出ていく。ずるずると自分の身体の一部を引き摺り出されたみたいに、ペニスが私の性器から引き抜かれた。

彼は？　彼はどうしたんだろう？

私は隣を見た。ベッドの隅で、彼は泣いていた。体中のすべての苦しみを吐き出すように、大声を上げて泣いている。

震える肩。服を着ていた時にはあんなに細身に見えたその身体が、裸になってみると、意外に筋肉質で驚かされた。やっぱり男の肉体だと思った。

気がつくと、私は彼を抱き締めていた。彼の身体が、私の腕の中で大きく震える。私は彼の柔らかい髪に指を絡ませながら、その背中をさすってあげた。

お互いが裸だったので、体温が直《じか》に伝わってくる。それがなぜだか、凄く心地よかった。こんなに安らげたのは、初めてだった。

彼はいつの間にか、そのまま眠ってしまった。布団をかけてあげる。その隣に、私もそっと身体を滑り込ませた。身体を寄せ合うようにして、私も眠りに落ちていった。

翌朝、目が覚めると、彼はもういなかった。テーブルの上には、昨夜受け取った五万円がそのまま剝き出しに置いてあった。結局、あのまま寝てしまったのだ。名前も聞いていない。もう、会うこともないかもしれない。

泣き出した彼の横顔が忘れられない。震える肩。そして、寂しさの滲み出た背中。彼が抱えていた闇は、いったいなんだったのだろうか？

＊

四ヶ月後。私はＫ大学に進学した。

高松先生がかなり無理をしてくれたようで、特待生として、入学金と授業料を免除されて入学することができた。

K大は都内の私立大学の中でも有数の名門校だった。医学部もあれば、経済や政治の学部もあった。ここの卒業生の多くが、医者になったり官僚になったりして、日本の政治や経済を動かしていく。

ここで恋人を見つけることが、私の苦しい人生に終止符を打つ最短の道だと思った。

私は高校時代に援交で得たお金で、ブランドの服を買って着飾り、エステに行ってさらに自分の美しさに磨きをかけた。

その頃、桂木の裁判が結審した。最高裁まで争ったが、結局は桂木の敗訴で、無期懲役刑が言い渡された。前科がいくつもある桂木は、恐らく死ぬまで刑務所から出て来られないだろう。

ママはその判決を聞いて、さらに身体を悪くし、寝たきり同然となってしまった。もう、私が幸せになることを邪魔する者は、誰もいなくなった。

私は自由なのだ。これからはいくらでも幸せを摑み取ることができる。私は空に向かって、大声で叫びたい気分だった。

大学では医学部や政治学科の学生ばかりを狙って、合コンやクラブでのイベントに参加した。美しい私はどこに行っても、注目の的だった。

誰もが私に声を掛けてくれ、友達になりたがった。たくさんの人が自然と私の周りに集まってきた。ここでは美しいということが、本当に価値を持つのだ。


大学三年の時、とあるイベントで渋沢隆一と出会った。初めて彼と出会った瞬間、彼こそが私の待ち望んでいた男性だと確信した。

ギリシャ彫刻のように整った甘い顔立ちと、テニスで鍛えあげた鋼《はがね》のような肉体を持ち、強いリーダーシップを発揮して、いつもみんなの中心的存在だった。おまけに、都内に三百床のベッドを持つ渋沢総合病院の跡取り息子ときている。まさに気品と洗練さと正統さを備えた生まれながらのサラブレッドだった。

K大医学部を卒業の後は、長男である彼が渋沢総合病院を継ぐことになるだろう。渋沢隆一こそ、私が子供の頃から待ち望んでいた白馬の王子様であり、救世主だと思った。私を不幸のどん底から救い出してくれるのは、彼しかいない。

渋沢隆一と知り合ってすぐに、彼が主催するテニスサークルに入会した。学校一の美男美女と言われた私達が、サークルの活動を通して交友を深めれば、周りの友人達がそれを放っておくわけがなかった。気がつくと二人は周囲のお膳立てのままに、恋人同士の関係となっていた。

初めてのキスは海岸へのドライブの時だった。隆一のＢＭＷを海岸線に止め、沈みゆく夕日を眺めているときに抱き寄せられた。波の音を聞きながら隆一の胸に抱かれ、私はやっと幸せを手に入れたと実感した。


その年の夏休み。私と隆一はサークルの合宿で、他の仲間達と一緒に海に来ていた。男女合わせて、総勢で三十人以上いる。午前中の涼しい時間は、テニスをして過ごした。そして午後になると、みんなで水着に着替え、ビーチへと出掛ける。

私はかなり気合を入れて、露出度高めのビキニを着てみた。大胆に胸の谷間を強調した純白のビキニ。ボトムのサイドは細い紐になっていて、かなりのハイレグだ。

細身なのにアンバランスなくらい胸の豊かな私に、男の子達の視線が釘付けになる。女の子達はちょっと不満そうだ。

サングラスを通して、隆一の表情を盗み見る。彼は私のビキニなどあまり気にならないように、涼しい顔をしていた。

私はそれがちょっと不満だった。隆一に気にしてもらいたいと思う。もっともっと心配させたいし、ヤキモチも焼いてもらいたい。隆一を私に夢中にさせたかった。

みんなで円になって、ビーチバレーをやる。ボールを頭上でトスする度に、私の胸が大きく揺れた。

「きゃあ！」

無理にボールを拾おうとして砂の上に転んでしまう。胸の谷間がさらに強く寄せられて、グラビアアイドルがするような女豹《めひょう》のポーズになってしまった。胸の谷間を玉になった汗が流れる。汗をかいた肌に砂がつく。両手でお尻をパンパンとはたきながら、ゆっくりと立ち上がった。男の子達が息を呑《の》むのがわかる。

再び、サングラスを通して隆一の表情を窺《うかが》う。少しも変化がない。がっかりした。すごく悔しい。どの男の子達も私に視線が釘付けなのに、彼氏である隆一はちっとも私を意識してくれない。

隆一は私のビキニ姿が気にならないの？　他の男の子の前でこんなにセクシーな姿をしているのに、心配じゃないの？　ヤキモチを焼いてくれないの？

隆一を私に夢中にさせて、将来は結婚にまで漕《こ》ぎ着けたいと思っている私は、そのことが歯がゆくてならない。

夕食の後。隆一を夜の海岸に呼び出す。

「隆一さんは、私があんな大胆なビキニを他の男の子達に見せても、あんまりヤキモチを焼かないんですね」

　少し寂しそうな私。

「ヤキモチ？　どうしてさ？」

「私の肌を隆一さん以外の男性に見られて、お嫌じゃないの？」

「美貴みたいに美人でスタイルも良い素敵な子を彼女にできて、俺は凄くうれしいよ。自分の所有物ですばらしいものは、みんなに自慢したいからね。車でも時計でも服でも、なんでもそうさ。むしろ見てもらいたいくらいだよ」

　所有物？　私は隆一の所有物なの？　外国製スポーツカーや高級腕時計と一緒なの？

　彼の言葉に衝撃を受けた。それが果たして愛と言えるのだろうか？　初めて、隆一の本当の姿を見た気がした。

　ＢＭＷやロレックスを愛するように、彼は最高の美女をそばに置いておく。それがたまたま私だっただけだ。

　でも、仕方がないのかもしれない。私だって、ひたすらにお金持ちとの結婚を夢見てきたのだから。その代償がこれなのだ。だけど私はそのことを少しも後悔してはいない。もう、あんな生活に戻るのはごめんだった。

　二日酔いで不機嫌なママに、灰皿を投げつけられるような生活。高校生なのに肌を露出したドレスを着て、酔っ払い客の相手をさせられるような生活。義理の父に殴られたり、性的虐待を受けたりするような生活。生活費を稼ぐために、援交をするような生活。

もうそんな惨めで苦しい生活には、絶対に戻りたくない。

いいわ。とことんお金に執着してやる。愛なんていらない。そんなものより、私はお金持ちになって裕福な人生を送ることにすべてをかけてやるんだ。隆一と絶対に結婚してやる。

「ねえ、隆一さん。私、もっともっと綺麗になって、隆一さんが連れて歩くのにふさわしい女の子になります」

そう言うと、隆一の胸に甘える。彼が私を抱き締め、キスしてきた。

私は彼の腕の中で、どうやったら彼と結婚できるかだけを、ひたすらに考えていた。


四年後の冬。

「そろそろ美貴のことを家族に紹介しようと思うんだ」

隆一のその言葉に心の中でガッツポーズをする。クリスマス・イブを横浜のホテルで過ごしていた時のことだった。

「私でいいのかしら？」

「家族も美貴のような美女なら、きっと気に入ってくれるよ」

彼の家族に会える。この最後の関門さえ突破すれば、あとは華やかなウェディングベルが待っているのだ。

渋沢総合病院の院長である隆一の父親。元女優で、現在は青山でファッションブティックを何軒も経営している母親。幼少の頃からピアノの英才教育を受け、ウィーンのピアノコンクールで優勝したこともあるという音大生の妹。もし隆一と結婚さえできれば、その家族の仲間に私もなれるのだ。

「私、隆一さんのご家族に気に入っていただけるように頑張ります」

愛なんていらない。結婚なんかに期待はしない。お金さえあればいいんだ。

私はつぶやく。どうでもいいや、私なんて。

赤坂にある高級ホテルのレストラン。

リザーブされた個室で、私と隆一の家族がディナーの席についている。

私は慣れないテーブルマナーに悪戦苦闘しながらも、優雅な笑みと淑《しと》やかな会話で、なんとか仮面を被り続けていた。

隆一とその両親、そして妹と私が同じテーブルを囲んでいる。

本当はもう一人、私と同じ歳の弟がいるらしかったが、今夜は体調がすぐれないということで欠席していた。

その弟の名前は優斗というらしかったが、家族の誰もが彼の話題には触れようとしなかったので、私もあえてそれ以上のことは聞かなかった。別にどうでもいいことだった。

一流のホテル。豪華な料理。熟成された高級ワイン。貫禄ある父親に優雅で美しい母親。そして海外留学が長かったという優秀な妹。

まるで小説の世界に迷い込んだような気がした。自分がこの席にいることが作り事のように思える。

「美貴さんのような美しい女性に来てもらえば、うちの病院も客がさらに増えること間違いなしだな」

ワインに酔った父親が、上機嫌にそう言った。脂ぎった顔で、大声で笑う。

「あなた、客じゃなくて、患者でしょう」

夫をたしなめる夫人の顔も、笑顔に崩れている。その指には大豆ほどのダイヤが輝く。

「どっちも変わらんよ。ようは金を払ってさえくれればいいんだ」

「まあ、パパったらいつもそんなことばかり言って。美貴さんがびっくりするわよ」

隆一の妹もそう言って笑っている。勝気そうなだけで、それほど美しい娘ではない。

「麗香、そんなことより来年の留学はどうするつもりなんだ」

「ザルツブルグにとっても良い音楽学校があるの。ねえ、パパ。大学を休学して、そこに留学してもいいでしょ？」

「ああ、好きなところに行っていいぞ。必要なら金はいくらでも出してやる。病院の方は、いずれ隆一がこの美貴さんと一緒になってついでくれるだろうから、わしも安心だしなぁ」

「まあ、パパったら、いきなりそんなこと言って、美貴さんも困っていらっしゃるんじゃない？」

私は義理の妹になるかもしれないその可愛げのない娘に、静かに微笑みを返しながら言った。

「ありがとうございます。隆一さんをしっかりと支えて、お役に立てますように頑張りますわ」

父親がワインで顔を真っ赤にしながら、私の手を取る。

「美貴さん。隆一のこと、よろしく頼むよ」

私は隆一に笑顔を向ける。彼も微笑んでいた。二人で顔を見合わせて笑った。確かな未来を掴んだ気がした。それは反吐《へど》が出るような未来だけれど。

ディナーを終えて五人はホテルのエントランスまで来ていた。

私と隆一は家族と別れて、そのまま最上階のバーで飲み直すことになっていた。妹の前では言えないが、スイートルームを予約してもあった。

私と隆一で三人を外まで見送る。ホテルのドアマンがさりげなく黙礼する脇を抜け、ガラスの回転扉から外に出た。

黒塗りのベンツが、音もなく滑り込んでくる。渋沢総合病院の院長専用車だ。隆一の両親と妹の前に止まったベンツから、すぐに運転手が降りてきて、後部座席のドアをうやうやしく開ける。

三人がベンツに乗り込もうとした。その時だった。

「旦那、少しだけ恵んでくれねぇか」

フラフラとした足取りで、ホームレス風の老人が父親のもとに歩み寄ってきた。

ボロボロの服を纏い、髪も顔もひどく汚れている。何日も食事をしていないのか、栄養失調のように頬がこけていた。

「お前、失礼だぞ。わしに触るんじゃない！」

そう言って、父親がその老人を突き飛ばした。その拍子に老人はひっくり返ってしまう。

「うううっ」

老人はその場に仰向けに倒れたまま、低くうめき声をあげていた。身体が小刻みに痙攣し、ひどく苦しそうにしている。

私は心配になって、老人に駆け寄ろうとした。しかし、それを隆一に静止されてしまう。

「関わりにならない方がいいよ」

「で、でも……」

老人はかなり具合が悪そうだった。起き上がる様子はない。寒い冬空の下、冷たいコンクリートに頬をつけたまま、ずっとうめいていた。苦痛に顔が歪んでいる。騒ぎを聞きつけたホテルのボーイが走ってきた。

「お客様、いかがなされました？」

父親が迷惑そうな顔で、ボーイを振り返る。

「この男が勝手にここで倒れたんだ」

ボーイが老人の顔を覗き込みながら、脈を取り出した。

「もしかしたら脳卒中かもしれませんね。私は至急フロントに行って、救急車を呼んでまいります。大変申し訳ございませんが、それまでの間、この方を見ていてくださらないでしょうか？」

父親に対して、ボーイはすまなそうにそう言った。わかりました。そう答えようとした私を遮るように、父親が大声をあげる。

「お前はボーイのくせに、客であるわしに命令するのか。ここのホテルはどういう教育をしているんだ！」

「も、申し訳ございません」

ボーイはまさかそんな答えが返ってくるとは思っていなかったらしく、ひどくうろたえながら頭を下げた。その間も老人は苦しみに顔を歪めていた。ボーイはフロントに走って行った。

「まったく不愉快だ。このホテルは客をなんだと思ってるんだ」

父親が怒りに顔を赤らめて怒鳴った。母親も迷惑そうに顔を歪めている。

「本当だわ。こんな薄汚れた男と関わったりしたら、後でどんな面倒になるかわかったものじゃないのに」

妹も気持ちの悪いものでも見るように、後ずさりをして言った。

「さっさと車に乗りましょうよ」

そして本当に三人とも車に乗って行ってしまった。

「さあ、美貴。俺達も関わらない方がいい。ホテルの中に戻ろう」

「でも、この人を置いてはいけないわ」

「ボーイが救急車を呼びに行ったんだ。後は任せておけばいいよ」

「そんな……」

　隆一に手をひっぱられて、その場を後にした。

のカウンターに二人で並んで座彼はスコッチのロックを、私はスクリュードライバーる。しかし、正直私はお酒を口にするような気分ではなかった。

「どうして応急処置をしなかったの？」

「ここは病院じゃない。今はプライベートな時間だ」

「そんな……。患者にとってはそんなこと関係ないじゃない」

「相手はホームレスだろう？　うちの病院の差額ベッド代はかなり高いんだ。あの老人は入院しても治療費を払えない。だとしたら、うちの病院にとって、彼は患者ではない」

　信じられなかった。医者の言葉とは思えなかった。命の危険があるかもしれない患者を放ったまま行ってしまうなんて。

　面倒には関わりたくない。治療費も取れないかもしれない。そんな理由で、人の命を粗末に扱っていいものなのだろうか？

　私は改めて恐ろしいものでも見るように、隆一の横顔を盗み見た。彼はすました顔でウイスキーを飲んでいた。まるでさっきのことなど、もう忘れてしまったかのようだった。

「さあ、もうこの話は終わりだ。そろそろ部屋に行こうか」

隆一が上着のポケットから、このホテルのルームキーを取り出した。私の脳裏からあの老人の姿が離れない。

冷たいコンクリートの上で、痙攣を続ける細い身体。貧乏だというだけで、命さえも救ってもらえなかった。酷いと思った。こんな気分のまま、この男に抱かれる気にはとてもなれなかった。私は話をそらす。

「弟さんが来られなくて、残念でしたわね」

隆一の表情が少し曇る。

「あいつは我が家のお荷物なんだ。不良仲間とつるんで遊びまわったあげく、大学受験には失敗する。おまけに最後は……」

隆一の横顔を見る。お金を得る代償は高くつくのだと感じ、私は溜息をついた。それでも私はこの男と結婚する。

私は幸せになるのだ。そのためだけに今まで苦労をしてきたのだから。私は私の選んだ人生を生きるのだ。もう、後戻りなんてできない。

私はつぶやく。どうでもいいや、私なんて。

＊

私は隆一と婚約した。春の大安の日、高級料亭で結納を行う。

この日ばかりはママも着物など着込んで、淑やかに振舞っていた。桂木とはその後一切の連絡を取っていないようだった。もともと入籍はしていない関係だったので、桂木が刑務所に入ってしまえば、赤の他人に戻るだけだった。

仲人のもと、両家が並んだ。隆一の両親、妹、そして今日初めて顔を合わす隆一の弟。

「緑川と申します。よろしくお願いし……」

弟に挨拶をしかけて、私は息を飲んだ。驚いた。目の前が真っ暗になる。こんな偶然があってよいものだろうか。目の前の青年を見た。彼も私をじっと見つめている。

あの男だった。忘れもしない。あの寂しげな瞳。震える肩。私にすがりついて泣いていた姿。あのときの援交の相手。彼の細く柔らかな指が私の喉に食い込む感覚が蘇《よみがえ》る。あの私の首を絞めた男だった。

私は絶望的な気持ちで彼を見た。私を五万円で買って、首を絞めた男が、なんと隆一の弟だったなんて。これで私の結婚も破談だ。

「初めまして、義姉《ねえ》さん。優斗です。隆一兄さんをよろしくお願いします」

ところが優斗と名乗って自己紹介した弟は、私に気づかないのか、平然としていた。

それからの結納の儀式、そして会食の間、私はほとんど上の空だった。いつ優斗が私のことを思い出し、援交のことを暴露するか、気が気ではなかった。

途中、気分が悪くなって、少し席を立った。トイレで鏡に映った自分の顔を見る。死人のように蒼《あお》ざめていた。メイクを直してトイレを出ると、目の前に優斗が立っていた。

「こんなところで再会するとはね」

「お、覚えていたの？」

「当たり前だろう。お前ほどの美人が援交してるなんて珍しいからな。忘れるわけがない」

「どうするの？　みんなにバラすつもり？」

彼が寂しい目をする。あのときの目だった。

「兄貴と結婚したいのか？」

「当たり前でしょう」

「あんな奴だぞ。いいのか？　家族だってみんな人間のクズだ。それでお前は幸せなのか？」

この人、何を言ってるの？　どうして？

「あなたの家族でしょう。そんな言い方ってないんじゃない」

「確かに家族だよ。でも、あいつらを俺は人として認めない」

「あなたが家族をどう思おうと、私には関係ないわ」

「お前だって本当はわかってるんじゃないのか？」

自分の一番痛いところを突かれた気がした。心の一番奥で、密かに迷っていたことをずばり指摘された。それだけに腹が立つ。

「聞いた風なこと言わないでよ。何不自由なく裕福に暮らしてきたあなたに、いったい私の何がわかるっていうの！」

「何不自由なくか……」

彼の瞳の寂しげな色が、さらにその濃さを増したような気がした。

私は彼に背を向けて、席に戻った。呼び止められるかと思ったが、結局彼は私に声を掛けなかった。

結納の間、最後まで優斗は私のことを誰にも話さなかった。


それから数日後の夜。私は優斗から呼び出された。場所はホテルのバー。行かないわけにはいかなかった。私の未来がかかっている。

「どうやって、私の携帯番号を調べたの？」

「兄貴の携帯の電話帳をこっそり見た」

「あなた、とても渋沢家の家族とは思えないわね」

「あいつらは人の生活を食い物にして生きる悪魔だ。ただし、それほど利口じゃあない」

「家族が悪魔なら、さしずめあなたは計算高く利口なために、悪さをして天国を追われた堕天使というところね」

私の切り返しに優斗が笑う。

「お前もどうやら俺と同じ生き物らしい。単なる綺麗な顔をした天使ってわけじゃなさそうだな。兄貴がころっと騙されたのもうなずける」

私は平手で彼の頬を打とうした。殴る直前、その手首を彼に掴まれてしまう。強い力。

「痛いわ。離してよ」

「このホテルに部屋を取ってある。行くぞ」

「私を強請るの？」

「いや、仲間同士で秘密協定を結ぶのさ」

優斗が席を立つ。

「ついて行くなんて、言ってないわ」

彼が振り返る。あの寂しげな瞳が揺れていた。

「どうするか、お前が決めればいいさ」

それだけ言うと彼は歩き出した。私は小さく溜息をつくと立ち上がった。彼の後を追う。

部屋に入ると、彼はベッドに腰を下ろした。

「脱げよ」

その言葉に、私は服を脱ぎ始める。

「案外と素直なんだな」

私は彼を睨みつけた。

「灯かりも消してくれないのね」

私は背を向けることなく、挑戦的に彼を睨みつけたまま、服を脱いでいった。下着を落とし、全裸になる。続いて裸になった彼が、私をベッドに押し倒した。

「またあのときみたいに首を絞めるの？」

彼の身体に腕を回す。あのときに比べて、ずいぶんと痩せてしまっていた。その衰えた肉体の変化に私は驚く。

彼が私の髪を指で梳《す》きながら、首筋にくちづけた。温かい舌が、肌の上をゆっくりと這っていく。

性器に指が触れる。包皮を剝かれて空気に触れたクリトリスに熱い血液が流れ込み、自分でもわかるくらいに膨らんでいく。それを彼の中指が、何度も何度も優しく弾いていく。

「くっ！」

眉間に皺を寄せながら、私は彼の身体にしがみつく。吐く息が熱い。彼の顔が目の前に迫る。彼が私を見つめる。

「もう、あの独り言、言うなよ」

「えっ、何？」

「どうでもいいや、私なんてっていうやつ。お前、気づいてないだろう。独り言でぶつぶつ言ってるんだぜ」

彼だけが気づいていたのだ！

涙が出た。

彼が私の中に入ってくる。私の肉体と精神の隅々までを、労《いた》わるような優しさを持って。

「ああっ、いい！」

私は気がつくと、快楽の波の中で、彼の首筋に噛み付いていた。彼の匂いが鼻腔に溢れる。

彼の指先が、彼の息遣いが、そして彼の寂しげな瞳が、たまらなく愛おしい。

くちづけをする。彼の唾液を吸い、彼の吐く息を吸い、そして彼の寂しさを吸いとるようにくちづける。私は感じた。肉体が融ける。

彼が苦しげな声を漏らす。目と目が合う。共犯者だけが持ち得る確かな絆《きずな》が、私達を快楽の本流へと押し流す。

「やっと、また会えた」

彼が擦れた声でそう囁いた。いや、もしかしたら空耳かもしれない。

彼が私の中に射精した。その瞬間、私は確かに彼の瞳の中に、私と同質な苦しみを見た。

この一瞬だけ、私は確かに彼を愛した。生まれて初めての愛だった。

優斗、優斗、優斗、優斗……。私は心の中で彼の名を呼び続ける。私が唯一、愛した男。

確信があった。彼も私のことを、同じ目で見ている。

しかし、私は三ヶ月後には、別の男と結婚するだろう。それもこの男の実の兄と。そのことを私自身も彼もよくわかっていた。

＊

結婚式の当日。教会の控え室で、私はウェディングドレスを着ていた。

「まあ、美貴さん本当にお綺麗だこと」

隆一の母親がうっとりと私のウェディングドレス姿を見つめている。その隣でママもすでに目をウルウルとさせていた。

隆一の父親は娘の麗香を伴って、来賓に挨拶をして回っている。

「美貴、本当に綺麗だよ」

隆一が私に微笑みかける。ついにこの日がきた。私が子供の頃からずっと夢見ていた幸福な生活。明日からは、もうお金に不自由しない生活が始まるのだ。それも一生。

優斗はあの夜以来、一度も私に連絡してこなかった。私との関係を誰かにしゃべった様子もなかった。私は無事に結婚まで漕ぎ着けたのだ。

そういえば、その優斗の姿が見えない。

「隆一さん、優斗さんはどうしたの？」

私のその問い掛けに、渋沢家の家族の顔が一瞬で曇った。不吉な予感がよぎる。

「どうしたの？　なぜ、優斗さんはいないの？」

「美貴、実はずっと黙っていたんだけど、優斗は病気なんだよ。入院していて、ここには来れない」

「病気？　何の病気なの？」

「癌だ」

「いつからなの？」

「もう六年になる。ずっと治療を続けてきて、一時は手術も上手くいったんだけど、また再発して。たぶんもう……」

六年前。あの時のことが蘇った。ラブホテルで私の首に手をかけたあのときの優斗の寂しげな瞳。

彼は死ぬつもりだったのだ。自殺するつもりで、誰か道連れを探していたのだ。そしてネットの援交サイトで偶然に見つけたのが、私だった。

しかし結局、彼は私を殺さなかった。それどころか、自分自身もその後の六年間、頑張って生き抜いたのだ。

愛を知らぬ冷たい家族の中で、癌に侵されたことを知って、闘病する意欲もなくなって、そして自殺を考えた。そんな彼が私と出会って、再び頑張って生きてみようと思い直してくれた。たとえ余命が短くても、最後まで戦ってみようと考えてくれたのだ。私と出会ったことをきっかけにして……。

人と人の出会いは、理屈ではない。運命って、あるものなのだ。そして、私達二人はそれを感じた。

ほとんどの人は、美しい私の外見だけを見て、心の醜さには気がつかない。しかし、優斗だけはその醜い心のさらに奥深くに潜んだ、本当の私の姿を見つけ出してくれたのだ。そして、その私を愛してくれた。

ラブホテルのベッドで、私にすがりついて泣いた彼の背中の震えを思い出す。私みたいな女が、彼に六年間も生きる力を与えることができたのだ。

それなのに、それなのに……。私はこんな結婚をしようとしている。

「隆一さん、優斗さんの入院している病院はどこ？」

「K大付属病院の外科病棟だけど、どうして？」

「ごめんなさい。そして、さよなら」

私はウェディングドレスの裾を掴むと、教会のドアを開けて、外に駆け出した。私を止めようとした隆一を突き飛ばす。引っ繰り返った隆一が、驚いた顔で私を見ていた。

私は参列客の間を縫って走り続ける。みんなが私を見ている。背後から呼び止める声が聞こえる。でも、私はもう振り返らない。

いろいろなものを失うかもしれない。それでも後悔はしないだろう。

もう言わない。どうでもいいなんて、絶対に。

【初出一覧】

向日葵の歌　「悦　Vol.6」（無双舎）二〇一一年十月

さくらの夜　「悦　創刊号」（無双舎）二〇一〇年四月

少女人形　「特選小説　5月号」（綜合図書）二〇一二年三月

レイチェル　「特選小説　11月号」（綜合図書）二〇一二年九月

素直になれたら　「悦　夏号Vol.2」（無双舎）二〇一〇年七月

最後の恋　「ケータイ livedoor」（livedoor）二〇〇七年十二月
（「恋詩～コイウタ～」を改題）

本書は文庫オリジナルです。

GENTOSHA OUTLAW BUNKO

悲恋《ひれん》

松崎《まつざき》詩織《しおり》

平成25年2月10日　初版発行

発行人——石原正康
編集人——永島賞二
発行所——株式会社幻冬舎
〒151-0051東京都渋谷区千駄ヶ谷4-9-7
電話　03(5411)6222(営業)
　　　03(5411)6211(編集)
振替00120-8-767643
印刷・製本—株式会社 光邦
装丁者——高橋雅之

幻冬舎アウトロー文庫

ISBN978-4-344-41991-9　C0193　O-76-9